KB272990

작가는 무엇을 쓰고 무엇을 버리는가

흄세 에세이 007

작가는 무엇을 쓰고 무엇을 버리는가

위대한 작가들이 전하는
명작 쓰기의 기술

어니스트 헤밍웨이 외 | 최민우 옮김

차례

　여기 실린 일곱 편의 에세이는 ('기법'이나 '작법' 같은 단어가 제목에 섞여 있기는 하지만) 글에 관한, 글쓰기에 관한, 작가란 어떤 존재인지에 관한 작가들의 생각을 알려준다. 그 어조는 느긋하고 여유롭거나(헤밍웨이), 씩씩하고 당당하거나(런던), 진중하고 분석적이거나(제임스), 유머러스하고 신랄하다(트웨인). 가볍게 나풀거리는 글도 있고(웰스), 또박또박 짚어가는 글도 있으며(포), 날카롭게 파고드는 글도 있다(스티븐스).

　이 선집의 제목은 '작가는 무엇을 쓰고 무엇을 버리는가'다. 쓰기도 어렵지만 버리기도 어렵다. 글에 불필요한 부분을 잘 골라 버리면 된다지만 그 '버림'에 혹시 자기 자신도 포함되는 건 아닌지 걱정스럽다. 글쓰기란 대체로 외로운 작업이며, 넓고 쾌적한 전용 작업실에서 우아하게 머리를 싸매건 커피를 몇 잔까지 주문해야 눈치 보지 않고 일을 할 수 있을지 동네 카페 구석 자리에서 고민하며 한 줄 한 줄 나아가건, 작가의 영혼이 앉아 있는 머릿속 세상은 보통 좁고 갑갑한 데다 가끔은 공기도 잘 통하지 않아 숨도 막힌다. 이때 글과 글쓰기와 작가에 관한 다른 작가의 생각들, 자신이 평생 헌신한 대상에 경의와 애정을 표하는 그 생각들이 자신만의 글을 쓰기 위해 분투하는 이의 머릿속 세상에 부유하는 탁한 공기를 환기할 창문 역할을 맡을지도 모른다. 어떤 공기가 들어올지는 열어보면 알 수 있을 것이다.

최민우

단편소설의 기법

The Art of the Short Story

어니스트 헤밍웨이

Ernest Hemingway

The Art of the Short Story

〈단편소설의 기법〉은 스크리브너 출판사에서 기획한 '학생용 헤밍웨이 단편 선집'의 서문으로 실릴 예정이었다. 어니스트 헤밍웨이는 출판사의 기획에 호응해 1959년 5월 서문을 집필했으나 선집 출간이 무산되면서 이 글 역시 발표하지 못했다. 원고가 공개된 것은 그로부터 약 20년 뒤, 미국 문예지《파리 리뷰》의 1981년 봄호에 수록되면서다.

학생을 대상으로 한 문예 창작 강의를 녹취한 듯한 형식으로 집필된 이 글에서 헤밍웨이는 솔직하고 활달하며 자부심 넘치는 어조로 자신의 단편과 집필 과정을 구체적으로 소개하고 윌리엄 포크너와 셔우드 앤더슨 등의 동시대 작가에 대한 의견을 피력한다. 헤밍웨이의 유명한 창작론인 '빙산 이론', 즉 빙산의 8분의 1만 수면 위로 드러나듯 소설 역시 보여주는 것보다 숨기는 것이 많아야 한다는 주장을 이 글에서도 확인할 수 있으며, 더불어 '헤밍웨이가 선정한 헤밍웨이 베스트' 목록도 엿볼 수 있다.

이따금 무척이나 현명했던 거트루드 스타인이 어느 지혜로웠던 날 제게 말한 적이 있습니다. "명심하세요, 헤밍웨이 씨, 의견은 문학이 아니에요." 그러니 앞으로 나올 제 의견은 문학이고자 의도된 것이 아니며, 문학인 척하지도 않을 겁니다. 교훈적이고 거슬리면서도 유익한 의견을 내고자 합니다. 어떤 작가도 자기가 쓴 글에 대해 어디 한번 엄숙하게 써보라는 요청을 받아서는 안 되죠. 진실하게 쓰는 건 가능합니다. 하지만 엄숙하게는 안 됩니다. 이제 여러분이 전에 수없이 들었을 단편소설 기법에 대한 강좌를 상쇄하고자 의도된 형태의 강의를 시작해볼까요?

많은 사람이 글을 쓰려는 충동을 느낍니다. 글쓰기를 금지하는 법 같은 것도 없고, 글을 쓰는 동안에는 기분도 좋아지며 짐작건대 마음도 편해지겠죠. 편집자들이 형편없는 부분을 들어낸 다음 철자법과 구문을 바로잡아서 저자의 생각과 믿음을 잘 빚어내도록 도와주면, 무리해서 작가가 된 몇몇 이는 일시적이나마 명성을 얻을 수도 있을 겁니다. 하지만 영어로는 '빌어먹을(shit)', 프랑스어로는 '젠장(merde)'*이라 하는(선생님이 뜻을 설명해줄) 단어가 책에서 삭제당한다 해도, 충분히 섬세한 후각을 보유한 사람에게는 그 단어의 냄새가 계속해서 감지될 수 있겠죠.

억지로 작가가 된 이들은 단편은 시도하지 말라는 충고를 들을 겁니다. 혹여 시도한다면 억지로 일하는 건축가와 같은 운명을 겪으며 고통받을 텐데, 그건 억지로 연주하는 바순 연주자의 운명만큼이나 외로운 결말을 맞고 말 겁니다. 그러니 그 불운한 존재들이 겪을 슬프고 외로운 결말을 생각하며 우리 시간을 낭비하지 맙시다. 글 쓰는 연습이나 계속하자고요.

이쯤에서 혹시 질문 있나요? 여러분은 단편을 쓰는 기법을 모두 다 익혔나요? 제가 도움이 되었을까요? 아니면 제가 애매하게 말했을까요? 그랬길 바랍니다.

---

* 두 단어 모두 '똥'이라는 뜻을 가지고 있다.

여러분, 솔직히 말하겠습니다. 단편소설의 거장치고 끝이 좋았던 사람이 없어요. 이 말이 의문스럽다고요? 그러면 몸*은 뭐냐고요? 여러분, 장수는 끝이 아니에요. 그건 연장이죠. 저는 장수를 흉볼 수 없습니다. 왜냐하면 저는 뭐든 간에 흉을 본 적이 없거든요. 놀리지 말아요, 여러분. 이 얘기 흉보지 말아달라고요.

우리는 미사여구를 버려야 하지 않을까요? 또한 동시에, 오늘의 가장 진정성 있는 최신 화젯거리가 내일이면 금세 사라지고 만다는 사실을 깨달아야 하지 않을까요? 그래야 하지 않을까요? 여러분은 참으로 총명한 젊은이들입니다. 여러분과 이 자리에 같이 있다는 것이 정말 영광이에요. 진정한 '무도회장의 바나나'**를 내놓으라는 요청을 들은 것 같은데, 맞나요? 신사 여러분, 오늘 잔뜩 준비해놓았습니다.

사실 말이죠. 작가들이 문장을 어떻게 시작해야 할지 모를 때 말하듯, 설명 전문가가 아니라면 단편소설 쓰기에 대해 할 말이 거의 없습니다. 쓸 수 있다면 설명할 필

  ＊ 영국의 소설가 서머싯 몸(1874~1965).

＊＊ 헤밍웨이가 '가식적인 말'이라는 의미로 사용하던 표현.

요가 없죠. 쓸 수 없다면 어떤 설명도 도움이 안 되고요.

제가 깨달은 몇 가지 진실이 있습니다. 여러분이 잘 아는 중요한 사실이나 사건을 생략하면 이야기는 탄탄해집니다. 잘 모른다는 이유로 뭔가 빼버리거나 얼버무리면 이야기는 시시해질 겁니다. 이야기의 가치는 편집자가 아니라 바로 여러분이 생략한 요소가 얼마나 훌륭한지에 달려 있습니다. 이 책*에 실린 〈심장이 둘인 큰 강〉이라는 단편은 마음에 큰 상처를 입고 전쟁에서 돌아오는 어느 소년에 관한 이야기입니다. 이 상처는 이른 시기에, 그리고 무척이나 심각한 형태로 가해진 듯합니다. 왜냐하면 이런 상처를 입은 사람은 그 일에 대해 말을 꺼낼 수 없고, 자기 앞에서 그 얘기가 나오는 상황을 견뎌낼 수 없으니까요. 그러므로 전쟁 자체에 대해서도, 전쟁에 관한 어떤 언급도, 전쟁과 관련된 어떤 것도 이 작품에서는 생략됩니다. 작품에 나오는 강은 미시간주 시니시에 있는 폭스강입니다. '심장이 둘인 큰 강'이라는 이름은 아니죠. 이는 제가 의도적으로 바꾼 이름입니다. 무지하거나 부주의해서가 아니라 '심장이 둘인 큰 강'이라는 이름이 시적이

---

* 처음 기획이었던 '학생용 헤밍웨이 단편 선집'을 뜻한다.

기도 했고, 이 단편에 전쟁이 나오는 만큼이나 수많은 인디언이 등장하지만, 인디언도 전쟁도 직접적으로 묘사되지는 않기 때문이기도 했죠. 보시다시피 무척 간단하고 쉽게 해명할 수 있습니다.

〈바다의 변화〉*라는 단편에는 모든 게 생략되어 있습니다. 저는 생장드뤼즈의 '바 바스크'라는 카페에서 한 커플을 봤는데, 그래서 그 단편 속 이야기에 대해서는 너무 지나칠 정도로 '잘' 알고 있었죠. '잘'의 제곱근 정도로요. 그러니 제 것만 남겨주시면 아무 '잘'이나 갖다 쓰셔도 됩니다. 아무튼 그래서 저는 모든 이야기를 빼버렸습니다. 하지만 그 이야기는 전부 다 그 작품에 들어 있어요. 보이지는 않지만, 분명 거기 있습니다.

자기 작품에 관해 얘기하는 일은 무척 어렵습니다. 말을 하다보면 아무래도 오만이나 자부심이 들어가거든요. 저는 오만을 버린 다음 그 자리를 겸손으로 대체하고자 노력했고 가끔은 아주 잘 해내기도 했습니다만, 자부심

---

* 헤밍웨이가 1931년에 발표한 단편. 한 커플의 대화로 진행되는데, 여성이 다른 여성과 불륜을 저질렀고 남성은 그 일로 충격을 받았다는 사실을 암시적으로 드러낸다.

없이는 계속 살고 싶지도, 글을 쓰고 싶지도 않습니다. 제가 자부심을 느끼지 않는 글은 절대 출판하지 않죠. 제 말을 여러분이 원하는 대로 이해하셔도 좋습니다. 저는 그렇게 생각하지 않을 수도 있지만요. 하지만 그건 우리가 애초에 다르게 태어나서인지도 모르겠군요.

제가 예를 들고 싶은 다른 단편은 〈5만 달러〉라는 작품입니다. 이 이야기는 원래 다음과 같이 시작했죠.

"어떻게 베니를 그렇게 쉽게 갖고 논 거지?" 병사가 그에게 물었다.
"베니는 정말 똑똑한 권투 선수야." 잭이 말했다. "링에 있는 내내 그 친구는 머리를 굴렸지. 그 친구가 머리를 굴리는 내내 나는 그 친구를 두드려 팼고."

저는 〈5만 달러〉를 쓰기 전에 스콧 피츠제럴드에게 이 이야기를 들려줬습니다. 잭 브리턴●처럼 진정으로 위대한 권투 선수가 어떻게 몸을 쓰는지 설명하려고 애쓰면서

●　미국의 권투 선수 잭 브리턴(1885~1962). 세계 최초로 웰터급 복싱 챔피언을 세 번 달성했다.

말이죠. 저는 방금 말씀드린 그 장면으로 단편을 시작했고 작품을 끝낸 다음에는 정말 만족스러워하면서 원고를 스콧에게 보여줬습니다. 스콧은 이 단편이 정말 마음에 든다고 했는데 지나칠 정도로 입에 발린 태도로 말하는 바람에 제가 오히려 당황스러울 지경이었죠. 그런데 그러고 나서 그가 말하더군요. "근데 딱 한 가지 문제가 있어, 어니스트. 친구로서 얘기하는 거야. 브리턴과 레너드가 나오는 그 케케묵은 대목은 반드시 삭제해야 해."

당시 제 겸손은 하늘을 찌르던 상태라서, 저는 스콧이 저 대목을 어디서 이미 들었거나 브리턴 본인이 다른 사람에게 저 얘기를 해준 게 분명하다고 생각했습니다. 그래서 저는 권투에 대한 그 멋진 형이상학적 깨달음을 삭제해버리고 말았습니다. 친구에게서 역사에 남는 발언을 딱 한 번 들었다는 이유만으로 그걸 '케케묵은 대목'이라고 말해버리는, 그해 그 친구가 지녔던 사고방식 때문에 말이죠. 작품을 발표하고 나서야 저는 겸손이라는 매력적인 미덕이 얼마나 위험할 수 있는지 깨달았습니다. 그러니 여러분, 지나치게 겸손하게 굴지는 마세요. 나중에는 겸손하게 굴어도 좋지만, 글을 쓰는 동안에는 그러지 마세요. 사람들이 전부 당신에게 사기를 칠 테니까요. 그런데 그 사기라는 게 의도되지 않을 때도 있습니다. 때로는 사람들도 잘 모를 뿐이죠. 이것이야말로 작가들이 처하는 가장 슬픈 상황이자 여러분이 정말로 자주 맞닥뜨릴 일입니다. 질문이 없으면 계속 진행하기로 하죠.

제 충실하고 헌신적인 친구 피츠제럴드는 당시 본인의 경력보다 제 경력에 훨씬 더 관심이 많았고, 그래서 제 단편을 스크리브너 출판사에 보이도록 주선해줬습니다. 사실 그 단편은 《코즈모폴리턴》 편집자인 레이 롱에게 이미 거절당했었습니다. 연애 상대가 나오지 않는다는 이유로요. 그건 뭐 상관없었어요. 저는 작품에서 연애 상대를 아예 제거했고, 의도적으로 두 매춘부 외에는 여자를 등장시키지 않았습니다. 그 두 여자는 셰익스피어의 작품에서처럼 들어왔다가 이야기 밖으로 나가버리죠. 이건 여러분이 다른 강사들에게 들었던 말과는 다를 겁니다. 그 사람들은 첫 단락에 여자가 나온다면 나중에 반드시 다시 나와 첫 등장을 정당화해야 한다고 하죠. 여러분, 그건 틀린 얘깁니다. 그냥 지워버려도 됩니다. 인생에서 그러듯이요. 단편을 펼쳤을 때 벽에 총이 걸려 있으면 14페이지에서 그 총이 발사되어야 한다는 말도 틀린 얘깁니다.* 벽에 걸려 있는 총이라면 발사도 안 될걸요. 질문 없으면 계속 진행할까요? 그래요, 쏠 수 없는 총은 상징일 수도 있겠죠. 그것도 맞는 말입니다. 하지만 실력 있는 작가라면 어떤 멍청이가 그냥 관상용으로 벽에 걸었다고 쓸 수도 있는 거예요. 모를 일이잖아요. 총에 관해 별난 취향을 가졌을 수도 있고, 실내 장식가가 거기 놔뒀을 수도 있죠. 둘 다일 수도 있고요.

편집자인 맥스 퍼킨스가 압력을 넣어준 덕에《스크리브너스 매거진》에서는 이 단편을 수록하고 원고료로 250달러를 주기로 했습니다. 단 책 뒷부분까지 차지하지 않도록 제가 분량을 줄인다는 조건으로요. 그쪽 사람들은 잡지를 '책'이라고 부르더군요. 여기에는 중요한 의미가 있지만 이 자리에서는 깊이 들어가지 말기로 합시다. 잡지는 책이 아니에요. 제아무리 딱딱한 양장본으로 만든다 해도요. 그러니 여러분도 유의하셔야 합니다. 어쨌든 저는 화도 내지 않고 별다른 희망도 품지 않은 채, 잡지 편집자의 타고난 어리석음과 비타협적인 태도 앞에서 이

<hr>

❋ 여기서 헤밍웨이가 비판하는 것은 이른바 '체호프의 총'이라 일컫는 기법이다. 러시아 작가 안톤 체호프(1860~1904)가 제시한 극작술로, 이야기 속에서 불필요한 요소는 없어야 하며 제1막에 총이 등장한다면 마지막에는 발사되어야 한다는 주장이다.

렇게 설명했습니다. 나는 이미 작품을 줄였고, 오백 단어를 줄일 수 있는 유일하면서도 말이 되는 방법은 첫 오백 단어를 잘라내는 것뿐이라고요. 저는 자주 단편을 줄여서 더 낫게 만들었습니다. 이 단편의 경우는 나아지지 않을 것이었지만, 그거야 그쪽 사정 아닌가 하는 생각이 들었죠. 저는 책에 이 단편을 다시 수록할 겁니다. 어쨌거나 사람들은 책으로 볼 때는 다르게 읽으니까요. 이 점은 알아두시면 좋아요.

아뇨, 그 사람들은 첫 오백 단어를 삭제하지 않았습니다. 그 대신에 아주 똑똑하고 젊은 보조 편집자에게 작품을 넘겼죠. 그 친구는 자기가 작품을 별 어려움 없이 줄일 수 있다고 제게 장담했어요. 그 친구가 첫 번째 시도에서 벌인 게 바로 그런 짓이었는데, 단어를 들어낸 곳마다 이야기가 더는 말이 되질 않았죠. 애초에 제가 작품을 쓸 때 줄일 만큼 줄인 상태였으니까요. 더군다나 평소에는 남겨두는 형이상학적 부분도 스콧의 요구에 따라 들어냈으니 말이죠. 그래서 결국 그쪽에서는 게재를 포기했고, 제가 알기로는 에드워드 위크스가 엘러리 세지윅에게 부탁해서 《애틀랜틱 먼슬리》에 실을 수 있도록 했다더군요. 그러고 나니까 다들 저한테 권투 얘기를 써달라고 했는데,

저는 그 후 더는 권투 이야기를 쓰지 않았습니다. 어떤 주제에서 제가 찾고 있던 걸 얻었다면 거기에 관해서는 한 편의 이야기만 쓰려고 했으니까요. 삶이란 그걸 사랑한다면 무척 짧게 마련이고, 저는 당시에 그 사실을 알고 있었습니다. 다른 권투 이야기들도 있고 그런 걸 무척 잘 쓰는 작가들도 있습니다. 여러분들에게는 W. C. 하인즈의 《프로페셔널》을 추천하고 싶어요.

그 자신만만하게 글을 삭제하던 젊은 편집자는 나중에 《리더스 다이제스트》의 고위 인사가 되었습니다. 아닌가? 한번 확인해봐야겠네요. 그러니 여러분, 정말 모를 일입니다. 시카고에서 딴 걸 보스턴에서 잃을 수도 있는 일이에요. 그게 상징주의죠. 타액 검사로 확인할 수 있어요. 그게 현재 우리 집단이 상징주의를 탐지하는 방식이고, 지금까지는 제법 만족스러운 결과를 거두고 있습니다. 뭐, 완벽하지는 않지만요. 하지만 우리는 조금씩 길을 내는 중입니다. 참 그러고 보니, 그 뒤 얼마 지나지 않아《스크리브너스 매거진》에서는 자기네 책의 뒷부분까지 이어지는 긴 단편 공모전을 열었더군요. 당선자에게는 250달러의 몇 배나 되는 상금도 줬고요.

자, 지금까지 여러분의 통찰력 넘치는 질문에 대답했으

니 다른 작품 얘기로 넘어갑시다.

이 단편의 제목은 '세상의 빛'입니다. 이 작품에다 '보라, 내가 문 앞에 서서 두드리노라'라든가 무슨 스테인드글라스 창문 같은 제목을 붙일 수도 있었겠지만, 다른 제목을 붙일 생각은 하지 않았습니다. '세상의 빛'이 훨씬 나은 제목이니까요. 이 단편은 여러 가지를 다루고 있어요. 혹 단순한 이야기라고 생각한다면 큰 착각입니다. 여러분이 무슨 얘기를 들었는지 모르겠지만, 이 단편은 사실 앨리스라는 매춘부에게 보내는 사랑의 편지입니다. 이야기가 벌어지는 그때 그녀는 95킬로그램 정도 나가는 몸을 감싸는 옷을 입었을 겁니다. 어쩌면 더 나갔을지도 모르겠네요. 중요한 점은 누구도, 그러니까 여러분에게도 해당하는 소리인데, 누구도 지금 모습에서 과거의 모습을 알 수는 없다는 사실입니다. 이건 남성인 우리보다 여성들에게 더 심각한 문제입니다. 여러분이 언젠가 내내 여자를 바라보던 시선을 거두고 거울 속 본인 모습을 바라보기 전까지는 말이죠. 이 단편을 쓰면서 저는 이 문제를 어떻게든 다뤄보려고 했습니다. 하지만 이런 문제에 근본적으로 대처할 방법은 거의 없죠. 그래서 저는 프랑스인들이 '콩스타테'*라 부르는 일을 했습니다. 그 단어를 한

번 찾아보세요. 그게 우리가 배워야 하는 거고, 어쨌든 단편을 이해할 생각이면 프랑스어를 배워야 하며, 프랑스어를 끝까지 배우는 것보다 고된 일은 없죠. 여자에 대해 쓰는 것이 정말 어려운 일이긴 해도, 사람들이 당신이 쓴 그런 여자는 없다고 말할 때 걱정할 필요는 없습니다. 그건 당신이 그려낸 여자가 다른 사람들의 여자와 다르다는 뜻일 뿐이니까요. 그런 사람들의 여자를 본 적이라도 있나요? 저는 몇 번 본 적 있습니다. 여러분이라면 정말 경악할 겁니다. 여러분이 그렇게 쉽게 경악하는 사람들이 아니란 건 알지만요.

제가 여자들에게 배운 건설적인 점이 있다면, 여자들에게서 매독을 옮기는 했지만 여자들 역시 누군가에게서 매독을 옮았고 많은 경우 그 누군가가 매독에 걸렸는지는 여자들도 몰랐던 일이니 여자 탓을 해서는 안 된다는 따위의 윤리적 자세가 아닙니다. 그런 건 물정 모르는 사람을 대상으로 하는 초보적인 글에서나 나올 법한 내용이죠. 제가 배운 것은 여자들이 지금 어떤 상태건 간에 그들 인생에서 최고의 순간이던 시절의 모습을 항상 생각하라

❋ '확인하다', '증명하다'라는 뜻의 프랑스어.

는 것이었습니다. 그게 여러분들이 할 수 있는 전부이며, 그게 제가 이 단편에서 이뤄내고자 노력한 것이었습니다.

이제 제가 쓴 다른 단편인 〈프랜시스 머콤버의 짧고 행복한 삶〉을 보도록 하죠. 여러분, 저는 지금 이 단편 제목을 적은 것만으로도 정말 짜릿한 기분입니다. 바로 이게 남들이 아무리 뭐라고 하든 글을 쓰는 이유죠. 지금 제가 알고 지내는 분과 함께 있어서 기분이 좋네요. 망할 학생들은 가버렸고 말이죠. 안 갔다고요? 좋습니다. 그들도 우리와 함께 있다니 반갑군요. 바로 여러분 안에 우리의 희망이 있습니다. 그거야말로 우리 평범한 사람들을 먹여 살리는 것이죠. 학생 여러분, 긴장 푸세요.

이 작품은 어떤 의미로 보자면 단순한 이야기입니다. 이 작품에 등장하는 여성은 실제로 잘 알던 사람이었지만 소설 속 인물로 새롭게 꾸며냈는데, 정말 못돼먹기 짝이 없는 여자고 앞으로도 변할 가망이 없는 사람이죠. 여러분은 아마 이런 유형의 여자를 절대 만날 일이 없을 겁니다. 여러분은 돈이 없으니까요. 저도 돈이 없기는 매한가지지만 발은 넓은 편이죠. 지금도 이 여자는 변한 데가 없습니다. 점점 괜찮아지기는 했지만 그 이상으로 나아질 일은 절대 없을 겁니다. 저는 〈당시〉 알고 지내던 최악의 여자를 실마리 삼아 작중 여성을 완벽하게 창조했죠. 처음 만났을 때는 정말 사랑스러운 사람이었는데. 제 취향의 여성은 절대, 결코, 단연코 아니었지만, 모습 자체로 사랑스러운 사람이었습니다. 이것이 제가 그녀에 대해 말할 수 있는 전부입니다. 여러분들이 알아서 받아들이면 됩니다. 여기까지가 제가 최대한 깔끔하게 얘기할 수 있는 한계예요. 이런 정보가 바로 이야기의 배경이라 불리는 것이죠. 이런 건 다 던져버리고, 여러분이 아는 것으로부터 만들어내세요. 이 얘기를 진작 해야 했는데. 그게 글쓰기의 전부입니다. 여기에 더해 절대음감을 가진 완벽한 (잘 걸러내기도 하는) 귀를 갖고, 자기가 하는 작업에 대해 사제가 신에게 보이는 것과 같은 헌신과 존중을 보이며, 강도의 배짱과 오직 글쓰기에만 떳떳한 마음을 갖춘다면 여러분은 성공할 겁니다. 쉬워요. 적성에 맞고 열심히 노력하면 누구나 글을 쓸 수 있습니다. 고민할 일이 아닙니다. 그냥 몇 가지 요건만 갖추면 돼요. 지금이 지금인 이유를 다루기 위해서는 바로 지금 글을 쓰는 것만이 방법입니다. 예전에는 상황이 훨씬 좋았어요. 아주 좋았죠. 멋진 사람들이 그 시절의 모든 것에 관해 훌륭한 글을 썼습니다. 이제 그 사람들은 모두 죽어서 없고 그 시절도 가버렸지만, 그들은 자기 시대를 무척 잘 다루었어요. 그 시절은 끝났습니다. 그러니 지금 그런 식으로 쓰는 건 여러분에게 도움이 되지 않아요.

그나저나 작품 얘기로 돌아가죠. 마고 머콤버라는 이 여성은 누구에게도 쓸모가 없는 그저 골칫거리입니다. 관계 같은 거야 가질 수 있겠지만 그냥 그뿐인 사람이죠. 남자는 착한 바보예요. 저는 현실에서 그 남자의 실제 모델이 된 사람을 아주 잘 알았고, 제가 아는 모든 걸 동원해서 마고와 마찬가지로 그의 모습을 꾸며냈죠. 따라서 소설 속 그는 실제의 모습 그대로입니다. 다만 제가 만들어냈을 뿐이죠. 소설에 등장하는 '백인 사냥꾼'은 제 친한 친구고, 그 친구는 재미있게만 읽힌다면 제가 뭐라고 쓰건 전혀 상관 않습니다. 그래서 그 친구는 전혀 꾸며내지 않았어요. 그냥 집안과 사업상 문제 때문에, 그리고 수렵 관리국과 문제가 생기는 걸 피하고자 슬쩍 위장했을 뿐이죠. 그 친구는 원이 발명된 이래 사각형(square)❀과 가장 거리가 먼 사람이라서 적당히 변장을 시켜 챙겨주기만 하면 됐어요. 마치 저와 함께 작품을 쓰기라도 한 것처럼 뿌

❀ '고루한 사람'이라는 의미도 있다.

듯해했는데, 사실 아주 충분히 거슬러 올라가 따져보면 무슨 일이건 다 그런 식으로 이루어지게 마련이죠. 이건 우리끼리의 비밀로 해두죠. 이게 이 단편의 전부입니다. 사자가 총에 맞는 장면은 제외해야겠지만요. 그 장면에서 저는 진짜로 사자의 내면을 생각하고 있었습니다. 가짜가 아니었어요. 저는 정말로 사자의 내면을 생각할 수 있습니다. 믿기 어렵겠지만, 여러분이 못 믿는다 해도 저는 정말 괜찮아요. 정말로요. 그 뒤로 수많은 사람이 그 방법을 사용했지만 딱 한 친구만 썩 잘해냈어요. 실수를 한 가지 저지르기는 했지만 말이죠. 실수를 저지르면 치명적인 결과를 낳죠. 그 실수는 그 친구에게 치명타를 가했고, 곧이어 그가 쓴 모든 글이 실수가 되고 말았습니다. 여러분, 경계해야 합니다. 매 순간 경계해야 해요. 재능이 있을수록 이런 실수를 경계해야 합니다. 왜냐하면 재능이 있을수록 더 실력 있는 사람들과 함께하게 되니 말이죠. 정상까지 올라가지 못할 작가라면 원하는 대로 마음껏 실수를 저질러도 상관없죠. 무슨 실수건 전혀 중요하지 않으니까. 작가 본인도 중요하지 않고요. 그 작가를 좋아하는 사람들 역시 중요하지 않기는 마찬가지입니다. 그들이 갑자기 죽어버릴 수도 있겠죠. 그래봤자 달라지는 건 없겠지만요. 안타까운 일입니다. 누구의 글이건 한 페이지만 읽어봐도 중요한지 아닌지 판단할 수 있죠. 슬픈 일이고, 하고 싶지 않은 일이에요. 저는 그들에게 그런 말을 하는 사람이 되고 싶지 않습니다. 그러니 실수를 저지르지 마십시오. 얼마나 쉬운 일인지 아시겠죠? 그냥 바로 들어가서 작가가 되십시오.

이 작품 이야기는 이쯤에서 정리합시다. 혹시 질문 있나요? 아뇨, 저도 그 여자가 그를 일부러 쏜 건지는 여러분만큼이나 모르겠습니다. 제가 스스로에게 물어봤다면 알 수도 있었겠죠. 제가 만든 이야기고 계속 만들어갈 수도 있었으니까요. 하지만 어디서 멈춰야 할지 알아야 합니다. 그게 단편소설을 쓴다는 거예요. 적어도 짧게 쓴다는 건 그런 거죠. 제가 여러분께 드릴 수 있는 유일한 힌트는, 아내가 진짜 못돼먹은 여자이자 계속해서 못돼먹게 구는 여자일 경우, 우연히 남편을 총으로 쏘는 일이 벌어질 가능성은 무척 낮다는 것이 제 소신이라는 점입니다. 그럼 계속할까요?

여러분이 이야기에 쓸 아이디어를 얻는 방법에 관심이 있다면, 〈킬리만자로의 눈〉을 통해 알아보죠. 사람들은 늘 여러분에게 딱지를 붙입니다. 오로지 자신의 이야기만 쓸 수 있는 작가라는 딱지 말이죠. 저는 이 강연을 구어체로 진행하고 있는데, 구어체는 변화무쌍합니다. 구어체도 글을 쓰는 한 가지 방법이니 이쪽을 따라가도 뭔가를 배울지 모르죠. 글을 쓸 줄 아는 사람이라면 구어체로도, 현학적으로도, 극도로 따분하게도, 순수한 영어 산문으로도 쓸 수 있습니다. 슬롯머신 당첨금을 정직하게도, 백분율에 따르게도, 거저 주게도, 아니면 약탈하게도 설정할 수 있는 것처럼 말이지요. 구어체로 글을 쓸 수 있는 사람은 시작할 때를 제외하고는 굶주릴 일이 없습니다. 다른 식으로 쓰는 사람은 불규칙하게 먹고살죠. 하지만 훌륭한 작가라면 어떤 방법으로도 쓸 수 있습니다. 지금 이건 구어체이고, 구어체를 사용해도 좋다는 허가는 열네 살 이상부터 나오길 바랍니다. 감사합니다.

아프리카에서 돌아왔을 때 벌어진 일입니다. 아프리카는 돈이 떨어지거나 얻어터질 때까지 머무르는 장소죠. 1년인가 있다가 돌아와서 격리 중이었을 때 선박 뉴스 기자들이 제게 다음 계획을 묻길래 일단은 작업을 할 거고 돈을 더 벌면 아프리카로 돌아가겠다고 말했습니다. 여러 차례 전쟁이 일어나는 바람에 그 계획은 무산되었고, 결국 19년 뒤에야 아프리카로 돌아갈 수 있었죠. 아무튼 그 계획이 신문에 실리자 정말 훌륭하고 고귀하며 부유한 여성께서 차 마시는 자리에 저를 초대하셨습니다. 우리는 술도 몇 잔 마셨는데, 그분이 말씀하시길 신문에서 제 이야기를 읽었다면서 왜 돈이 부족하다는 이유로 돌아갈 날을 기다리고만 있느냐는 거예요. 본인과 제 아내, 그리고 저는 언제든 아프리카로 돌아갈 수 있고, 돈이란 좋은 사람들이 최고의 즐거움을 누릴 수 있도록 현명하게 사용되어야 하는 것일 뿐이라고 말씀하셨죠. 그건 정말로 진솔하고 멋지고 훌륭한 제안이었고, 저는 그 여성분이 무척 마음에 들었지만 결국 그 제안을 거절했습니다.

키웨스트에 도착했을 때 만약 저 같은 인물, 제가 잘 아는 결점을 지닌 인물이 그 제안을 받아들였다면 무슨 일이 일어났을지 생각하기 시작했습니다. 그래서 궁리했고, 내가 꾸며낸 일을 할 남자로 저 자신을 설정했죠. 남자가 죽어가는 대목은 잘 알고 쓴 겁니다. 제대로 겪어봤으니까요. 한 번 겪고 만 게 아니었죠. 인생 초반에도, 중반에도, 후반에도 겪었습니다. 그래서 저를 고소할 수 없다는 걸 잘 알고 있는 인물이(왜냐하면 그건 바로 저니까 말이죠) 나중에 어찌 될지 상상했고, 신중하고 낭비벽 없는 작가였다면 소설 네 편에 사용할 소재를 단편 하나에 모두 넣었습니다. 이 작품에 제가 아껴뒀던 걸 전부 다 집어넣어 써버렸어요. 진짜로 다 던져 넣었습니다. 무슨 말인지 아시겠죠. 도박을 한 건 아니었습니다. 어쩌면 했는지도 모르죠. 누가 알겠어요? 진짜 도박사는 도박을 하지 않아요. 적어도 여러분들은 그치들이 도박을 하지 않는다고 생각하죠. 하지만 그들은 도박을 합니다, 여러분, 걱정하지 마세요. 저는 작품 속 그 남자와 여자를 할 수 있는 한 멋지게 꾸며내고, 모든 진실을 담아냈습니다. 그 작품은 단편소설이 짊어질 수 있는 온갖 무거운 짐을 죄다 떠안았음에도 날아올랐죠. 저는 이 작품과 머콤버 이야기가 당분간 제가 써낼 수 있는 가장 훌륭한 단편이라 여겼고, 단편에 대한 흥미가 사라지면서 다른 형태의 글쓰기에 착수했죠.

질문 있나요? 표범✿요? 표범은 형이상학의 일부입니다. 제가 그 표범이나 그 외 다른 많은 것에 관해 설명하라고 이 자리에 고용된 건 아니죠. 표범이 무슨 의미인지 알고는 있지만 그걸 알려드릴 의무는 없어요. 오메르타✿✿ 때

✿ 헤밍웨이가 1936년에 발표한 〈킬리만자로의 눈〉을 뜻한다. 이 단편은 킬리만자로산 서쪽 봉우리에 말라붙은 표범 사체가 있는데, 누구도 표범이 무엇을 찾아 거기까지 갔는지 아무도 모른다는 머리말과 함께 시작한다.

문이라고 해둡시다. 그 단어가 무슨 뜻인지는 사전을 찾아보세요. 저는 주저리주저리 설명하는 사람, 대변하는 사람, 밀고자, 뚜쟁이를 싫어합니다. 어떤 작가도 자기 작품을 쓴답시고 그런 인간이 되어서는 안 됩니다. 이건 작은 사진 지식이랄까, 그런 겁니다. 우리 모두에게 전혀 해될 게 없죠. 무슨 말씀인지 아시겠죠? 모르겠다면 안타깝네요.

그렇다고 다른 작가에 대해 설명하지 말라거나, 대변하지 말라거나, 뚜쟁이 짓을 하거나, 과도하게 홍보하지 말라는 뜻은 아닙니다. 저도 그래본 적이 있고, 정말로 운이 좋게도 포크너를 위해 그래본 적도 있죠. 포크너가 유럽에 알려지지 않았을 때, 저는 사람들에게 포크너는 우리가 가진 최고의 작가라고 말했고, 할 수 있는 한 과도하게 몸을 낮추면서 그를 띄울 수 있을 만큼 띄웠습니다. 왜냐하면 당시 포크너는 실력은 있어도 기회가 없었으니까요. 이제 포크너는 술을 조금 마시기만 해도 학생들에게 제 문제점을 지적하거나 그 친구를 찾아오는 일본인들, 아니면 다른 누구에게게건 우리 지역의 명물❀❀❀을 띄우죠. 이

❀❀   마피아의 행동 강령으로 경찰이나 사법 당국에 협조하지 않을 것을
      요구하는 침묵의 규율.

게 참 지겹긴 하지만 술이 좀 들어가서 그런가보다 하고 마는 거죠. 심지어 본인도 그렇게 믿고 있을지 모르고.

조금 전에 제가 포크너를 어떻게 생각하는지 물어봤지요. 저 역시 다른 사람들과 마찬가지로 그런 질문을 받으면 늘 얼버무리는데, 그래도 그 친구가 얼마나 훌륭한 작가인지는 여러분도 아시지 않습니까. 맞아요. 아셔야 합니다. 문제는 그 친구가 가끔 자기 자신을 무척 심하게 속인다는 거예요. 어쩌면 그건 독한 술 때문일 수도 있어요. 그는 꽤 오랫동안 책을 마무리하면서 독주를 마셔댔고, 그 결과가 무척 나쁩니다. 지치고 피곤해하면서도 계속 술을 마시는데, 그때 쓴 글은 그걸 읽어야 하는 사람에게도 무척 힘들어요. 저도 혹시나 도움이 될까 싶어 술을 마시면서 읽어봤지만 전혀 소용이 없더군요. 열네 살이었다면 도움이 되었을지도 모르죠. 하지만 저는 살면서 딱 1년만 열네 살이었고, 그땐 아마 꽤 바쁘게 지냈지 싶습니다. 아무튼 그게 제가 포크너에 대해 생각하는 바입니다. 저보고 전문가의 입장으로 요약해달라고 하셨죠. 아주 뛰어난 작가입니다. 지금은 자기 자신을 속이고 있고요. 독한 술

❀ ❀ ❀　작가를 가리키는 표현.

을 너무 많이 마십니다. 하지만《곰》같은 정말 훌륭한 소설을 썼고, 만약 제가 그 작품을 썼다면 여러분의 즐거움과 기쁨을 위해 이 책에 기꺼이 수록했을 겁니다. 하지만 세상의 모든 작품을 쓸 수는 없는 법이죠.

다른 작가들에 관해 이야기하면서 좋은 점과 잘못된 점을 논하는 게 훨씬 단순하고 재미있을 겁니다. 포크너에 대해 말해달라고 했을 때 딱 알겠더군요. 그 친구는 이런 자리에서 다루기 편합니다. 과묵하다고 소문난 사람치고는 말을 무척 많이 하거든요. 작가라면 절대로 말을 많이 하지 말아야 합니다. 자기 말을 받아 적을 사람을 고용해서 발언 내용을 검토할 게 아니라면 말이죠. 그러지 않았다가는 뜻이 잘못 전달됩니다. 여러분 목소리를 녹음한 테이프를 여러분 앞에서 틀었을 때 바로 그런 생각이 들죠. 정말 바보 같은 소리가 나오잖아요. 여러분은 작가죠, 그렇죠? 좋습니다. 그럼 입을 다물고 글만 씁시다. 질문이 뭐였죠?

제가《파리 리뷰》와《허라이즌》에서 인터뷰한 대로 단편 세 편을 마드리드에서 하루 만에 썼다는 게 정말일까요? 정말로 그랬습니다. 저는 그냥 넘어갈 수 없을 정도로 열의에 차 있었습니다. 억제되지 않은 에너지로 가득 차 있었어요. 아니면 이 에너지가 제 작업을 향해 쏟아부어졌다고 해야 할까요. 이런 상태는 과다라마 산맥의 상쾌한 공기(참 추웠죠)와 양념이 잔뜩 들어간 바칼라오비스카이노(말린 대구 요리입니다), 모호한 외로움이 뒤얽히면서 심해졌습니다. 저는 사랑에 빠졌는데 그 여자는 볼로냐에 있었고, 어차피 잠도 제대로 못 이루고 있으니 글이라도 쓰는 게 어떻겠냐 싶었죠. 그래서 썼습니다.

여러분이 언급한 그 단편들은 5월 16일, 눈 때문에 산 이시드로에서 열릴 투우가 취소된 날 하루 동안 썼습니다. 우선 예전에 써보려다 실패한 작품인 〈살인자들〉을 썼죠. 점심을 먹고 나서는 침대에 누워 몸을 녹이면서 〈오늘은 금요일〉을 썼고요. 정말로 기운이 넘쳐서 이러다 미쳐버리는 게 아닌가 싶었고 쓸 이야기가 여섯 편 정도는 되는 것 같았습니다. 그래서 자리에서 일어나 옷을 입고 전직 투우사들이 들락거리는 카페인 '포르노스'로 가서 커피를 마신 다음 돌아와 〈열 명의 인디언〉을 썼죠. 이 얘기 때문에 무척 슬퍼져서 브랜디를 좀 마신 다음 잠을 청했어요. 식사하는 걸 잊어버렸는데 웨이터 중 한 명이 바칼라오와 작은 스테이크, 감자튀김, 발데페냐스 와인을 가져다줬습니다.

당시 하숙을 운영하던 여성이 제가 식사를 제대로 못

챙길까봐 늘 걱정했거든요. 그래서 웨이터를 보냈던 겁니다. 침대에 앉아 식사를 하고 발데페냐스를 마셨던 게 기억납니다. 웨이터가 와인을 또 가져오겠다고 말했죠. 하숙집 주인이 제가 밤새 글을 쓸 예정인지 알고 싶어 한다는 말도 했고요. 저는 아니라고, 잠깐 쉬어야 할 것 같다고 말했습니다. 그러자 웨이터가 한 편만 더 써보면 어떻겠냐고 하더군요. 저는 원래 한 편만 쓸 생각이었다고 말했죠. 말도 안 돼요, 웨이터가 말했습니다. 여섯 편은 쓰실 수 있을 것 같은데. 저는 내일 해보겠다고 대답했어요. 오늘 밤에 써보세요, 웨이터가 그렇게 말하더군요. 그 노부인께서 무슨 생각으로 음식을 올려 보낸 것 같아요?

"나 피곤한데." 제가 그렇게 말했죠. "헛소리 말아요." 웨이터가 말했습니다('헛소리'라는 말 자체는 헛소리가 아니었죠). "시원찮은 단편 세 개 썼다고 피곤하다니. 그중에 한 편만 나한테 번역해줘요."

"나 좀 내버려둬." 제가 말했죠. "사람을 혼자 놔두질 않는데 어떻게 글을 쓰라는 거야?" 저는 침대에서 일어나 발데페냐스를 마신 다음, 첫 번째 단편이 내가 바랐던 만큼 훌륭하다면 저는 빌어먹게도 뛰어난 작가일 거라고 생각했습니다.

오류나 반복을 피하기 위해 그 대단한 플림프턴❋이 제게서 끌어낸 것과 토씨 하나 다르지 않게 이번 질문에 대답했습니다. 다른 질문이 없으면 계속할까요?

머리를 너무 세게 맞는 건 작가에게는 정말 나쁜 일입니다. 그런 일이 벌어지면 제대로 일을 해야 했거나 제대로 일할 수 있던 몇 달을 날려버리게 되지만, 또 때로는 오랜 시간이 지난 뒤에 그때 입은 부상이 일으킨 감각 왜곡의 기억이 이야기를 만들어줄 수도 있죠. 그게 일시적인 대뇌 손상을 정당화하지야 못하겠지만, 완화해줄 수는 있을 겁니다. 〈가지 못할 길〉은 플로리다 키웨스트에서 썼습니다. 그 작품이 묘사하는 한 남자에게, 마을에, 시골에 가해진 손상이 일어난 지 15년 뒤였죠. 질문 없나요? 이해합니다. 정말 이해해요. 하지만 놀라지 마세요. 묵념을 요청하지는 않을 겁니다. 하얀 제복을 입은 사람을 향해 묵념은 안 합니다. 그물에 대고 묵념도 안 하고요. 자, 신사 여러분, 그런데 이제 보니 박수 소리에 끌려 이쪽으로 흘러온 숙녀분들도 몇 분 계시네요. 감사합니다. 그나저나

❋ 미국의 작가이자 편집자 조지 플림프턴(1927~2003).《파리 리뷰》에서 헤밍웨이와 인터뷰를 한 바 있다.

여러분들이 좋아하는 단편은 뭐죠? 작가만 마음에 들어 하는 이야기를 여러분께 강요해서는 안 되잖습니까. 여러분도 이 중에 좋아하는 작품이 있나요?

〈살인자들〉을 좋아하신다고요? 좋습니다. 그런데 왜 좋아하시죠? 버트 랭커스터와 에이바 가드너가 출연해서요?* 아주 좋습니다. 이제야 이야기가 좀 진전되는군요. 당시 가드너 씨의 모습을 떠올리면 늘 기분이 좋습니다. 아뇨, 랭커스터 씨는 만난 적이 없어요. 그분이 실제로 어떤 사람인지는 제가 말씀드릴 수 없지만 사람들 말로는 정말 대단하다더군요. 이 단편에는 뒷이야기가 있습니다. 제가 고용했던 변호사가 암에 걸렸는데 그는 장기적인 보수보다는 현금을 원했어요. 그 사람 처지를 이해하시면 좋겠네요. 영화 지분을 갖는 대신 현금을 덜 받으면 어떻겠느냐는 제안을 받았을 때 변호사는 더 많은 현금 쪽을 택했습니다. 결과적으로는 우리 둘 다에게 시원찮은 결과를 낳았죠. 변호사는 결국 세상을 떠났고, 저는 그 영화에는 그저 학문적인 관심밖에 남지 않았어요. 하지만 영화사는 제가 가드너 씨를 보고 싶어 하고 총소리를 듣고 싶

* 〈살인자들〉은 1946년에 영화화되었다.

어 할 때마다 영화를 공짜로 틀어줍니다. 좋은 영화고, 제 단편으로 만든 영화 중에는 유일하게 훌륭한 작품이죠. 그렇게 된 이유 중 하나는 각본을 존 휴스턴이 썼기 때문입니다. 네, 그 사람 압니다. 그에 대해 사람들이 하는 얘기가 모두 사실이냐고요? 아뇨. 하지만 좋은 이야기들은 모두 사실입니다. 흥미롭죠.

영화 뒷이야기가 아니라 작품 뒷이야기를 듣고 싶었다고요? 그건 별로 모양새가 안 좋군요, 숙녀분. 드디어 강연장 분위기가 들뜨는 모습이 보이지 않나요? 게다가 그 작품에는 좀 지저분한 배경이 있어요. 거기서 다루는 소재에 공소시효가 없다보니 입 밖에 내기가 망설여지네요. 아주 교양이 풍부한 진 터니라는 분께서 한번은 제게 물어봤어요. "어니스트, 〈살인자들〉에 나오는 그 사람 혹시 앤드리 앤더슨❋ 아니었소?" 저는 맞다고, 그리고 작품 속 마을인 뉴저지주 서밋은 사실 일리노이주 서밋이라고 했죠. 우리는 거기서 이야기를 멈췄습니다. 저는 작품을 구

❋ 미국의 권투 선수 앤드리 앤더슨(1890~1926). 승부 조작에 연루되어 마피아에게 살해당했다. 〈살인자들〉에 등장하는 스웨덴 권투 선수 올레 안데르손의 모델이다.

상하기 훨씬 오래전부터 그 이야기를 생각했고, 작품을 제대로 만들어내기 위해서는 마드리드만큼이나 멀리 떨어진 곳으로 가야 했습니다. 아마 이 작품에는 그간 제가 썼던 어떤 글보다도 생략된 부분이 많을 겁니다. 〈심장이 둘인 큰 강〉에서 전쟁을 빼버린 것보다 훨씬 더요. 시카고와 연관된 건 아예 다 들어내버렸는데, 2951단어 내에서 그렇게 하기는 정말 어려웠습니다.

좋은 걸 들어낸 또 다른 경우는 〈깨끗하고 불이 환한 곳〉이라는 단편입니다. 그 작품에서는 정말 운이 좋았죠. 모든 걸 다 들어냈어요. 그 정도까지가 해볼 수 있는 한계였고, 그래서 그 앞에서 멈춘 뒤부터는 선을 더 넘지 않았죠. 제 말을 잘 따라오고 계시리라 믿습니다. 처음에 말씀드렸다시피, 요령만 터득하면 단편소설 쓰기는 정말 별것 아닙니다. 제가 더 괜찮게 쓸 수 있는, 아니 꼭 그렇게 하겠다고 약속할 수 있는 단편은 〈패배하지 않는 사람들〉입니다. 하지만 제가 그걸 그냥 놔두는 까닭은 여러분께 모든 걸 남겨뒀을 때와 뺐을 때의 차이를 보여드리기 위해서예요. 모든 걸 다 남겨둔 이야기는 다 들어낸 이야기처럼 다시 읽히지 않습니다. 이해하기는 쉽지만, 한두 번 읽고 나면 다시 읽을 생각이 들지 않죠. 제가 그렇게 쓰는 작가들의 예를 들 수는 있지만, 서로에게 그런 짓까지 하지 않아도 작가들에게는 이미 적이 충분해요. 진짜로 뛰어난 작가들은 다른 고만고만한 작가들에게 무슨 문제가 있는지 정확히 압니다. 글을 몇 편 찔끔 쓴 다음 그 상태 그대로 있는 게 아니라면 완벽한 작가는 있을 수 없죠. 하지만 작가라면 다른 작가가 살아 있는 동안은 외부인들에게 그 작가를 헐뜯어서는 안 됩니다. 작가가 죽어서 더 이상 작품을 쓸 필요가 없게 되면 뭘 해도 상관없죠. 살아 있을 때 개자식이면 죽어서도 개자식이니까요. 작가들 사이에서 벌어지는 말싸움 이야기를 하는 게 아닙니다. 그런 건 괜찮아요. 웃기기도 하고요. 누가 당신 눈에 엄지를 찔러 넣으면 매가리 없이 항의하지 마세요. 맞받아서 찔러 넣으세요. 당신에게 반칙을 저지르면 반칙으로 되돌려 주세요. 그래야 사람들이 바르고 깨끗하게 사는 법을 배우죠. 제 말은 다른 작가에게 엿을 먹이면 안 된다는 겁니다. 진짜로 엿을 먹이는 짓 말이에요. 제가 셔우드 앤더슨*에게 그래봤기 때문에 그래서는 안 된다는 걸 알아요. 제가 그랬던 건 독선적인 인간이었기 때문이에요. 저지를

* 미국의 소설가 셔우드 앤더슨(1876~1941).

수 있는 최악의 행동이었죠. 그가 계속 그런 식으로 쓰다가는 망할 것 같았고, 그래서 본인이 얼마나 형편없는지 농담처럼 보여주면 그를 그 상황에서 끄집어낼 수 있으리라고 생각했죠. 그래서 쓴 작품이 〈봄의 급류〉입니다. 잔인한 짓이었어요. 아무 소용도 없었고, 셔우드는 점점 더 형편없는 글을 썼습니다. 본인이 형편없는 글을 쓰겠다는데 그게 대체 나와 무슨 상관이었을까요? 전혀 상관없었죠. 하지만 저는 그때 독선적이었고, 제 친구보다는 글쓰기에 충실했죠. 그때 저는 누구든 총으로 쏠 수 있었을 겁니다. 쏴서 죽인다는 게 아니라, 정신을 차리게 해서 제대로 글을 쓰게 할 수 있는 정도로 슬쩍 빗나가게 쏠 생각이 있었다는 거죠. 이제는 압니다. 어떤 작가에 대해서건 할 수 있는 일은 전혀 없다는 사실을요. 파멸의 씨앗은 애초부터 그들 안에 있어요. 작가들에게 할 수 있는 일은 만날 때는 사이좋게 잘 어울리고, 엔간하면 만나지 않는 겁니다. 극소수를 제외하면 그래야 해요. 그 극소수 중에서도 두세 명을 제외하면 모두 죽었습니다. 말씀드렸듯 일단 죽은 다음에는 진실이기만 하다면야 뭘 해도 상관없죠.

앤더슨을 조롱한 건 잘못이었습니다. 잔인한 행동이었고, 저는 개자식이었죠. 그래도 한마디만 하자면 그때 저는 저 자신에게도 그만큼 잔인했습니다. 하지만 이건 변명이 안 되죠. 셔우드는 제 친구였고, 그에게 한 짓은 변명의 여지가 없습니다. 질문 있나요? 그 질문은 다른 기회에 해주세요.

이 얘기를 하다보니 〈나의 아버지〉에 대해서도 말해야겠군요. 이 작품의 배경은 1918년 밀라노의 병원에 입원해 있을 때 산 시로 경마장에서 보냈던 시간, 그리고 우리가 진짜로 열심히 몰입했던 파리 경마장에서의 시간이에요. 즉 우승마를 맞히느라 몰입했다는 겁니다. 어떤 사람들은 이 이야기가 셔우드 앤더슨이 마차 경주를 다룬 〈나는 바보〉라는 작품에서 유래했다고 이야기합니다. 저는 그렇게 생각하지 않습니다. 제 의견은 〈나의 아버지〉가 제가 잘 알고 지내던 기수와 제가 잘 알았던 말 여러 마리, 특히 제가 홀딱 반했던 녀석에게서 유래한 이야기라는 것입니다. 제 단편 속 소년은 제 창작이에요. 셔우드의 단편 속 소년은 작가 본인이라고 생각합니다. 두 단편을 다 읽어보면 의견을 정하실 수 있을 겁니다. 어떤 의견이건 저는 괜찮습니다. 셔우드가 쓴 최고의 작품들은 《와인즈버그, 오하이오》와 《알의 승리》라는 책 두 권에 수록되어 있습니다. 두 권 다 읽어보셔야 합니다. 세상사에 대해 너무 많이 알기 전에 읽으면 훨씬 더 좋은 작품들입니다. 셔우드에 관한 가장 멋진 점이라면, 처음 그의 이름을 들으면 '셔우드 숲(Sherwood Forest)'이 생각나는 그런 사람이었다는 사실이죠. 밥 셔우드라는 이름을 들으면 그저 극작가만 떠오르는데 말입니다.

이 책에 수록된 제 다른 단편들도 제가 좋아해서 넣은 것들입니다. 그 작품들도 좋아해주신다면 정말 기쁘겠습니다. 감사합니다. 만나서 반가웠습니다.

1959년 6월
스페인 말라가주, 추리아나구 '라 콘술라'

Ernest Hemingway

작가의 인생철학에 관하여

On The Writer's Philosophy of Life

잭 런던

Jack London

작가의 인생철학에 관하여

On The Writer's Philosophy of Life

잭 런던의 삶은 한 사람이 40년 남짓한 세월을 지상에서 보내며 이뤄냈다고는 믿기지 않는 업적으로 채워져 있다. 그는《야성의 부름》(1903),《강철 군화》(1908),《마틴 에덴》(1909) 등의 장편소설을 비롯해 몇백 편에 달하는 단편과 에세이를 썼으며, 열정적인 사회주의 운동가이자 세계 일주 모험가, 대중 연설가, 농장주이기도 했다.

〈작가의 인생철학에 관하여〉는 1899년 미국 잡지《에디터》에 수록되었다. 그저 먹고살기 위해 글을 쓰는 '글쟁이' 신세를 벗어나고 싶은 작가가 갖춰야 할 덕목을 힘차고 강건한 문장으로 설파한다. 이 글이 런던의 작가 경력 초기에 집필되었다는 점을 상기하면, 여기에서 주장하는 내용은 어떤 의미로는 스스로에게 하는 다짐처럼도 읽힌다. 물론 런던처럼 압축적인 인생을 산 사람이라면 이 시기에 이미 자신만의 인생철학을 손에 넣었는지도 모를 일이다.

글쟁이로, 그러니까 남은 인생을 '돈벌이용 책'을 쓰면서 사는 데 만족할 작가라면 이 글을 건너뛰는 편이 시간과 고민을 아낄 수 있을 것이다. 이 글에는 원고를 마무리하는 법이니, 변덕스러운 검열이니, 자료 정리니 같은 문제에 대한 조언 같은 건 전혀 없으며, 타고나기를 심술궂은 형용사와 부사를 다루는 힌트 따위도 없다. 허겁지겁 펜을 놀리는 작가들이여, 이 말에 놀랐다면 그냥 지나가 주시길! 이 글은 작가를 위해 쓰는 글이다. 설령 지금은 허접하기 짝이 없는 글을 써젖히고 있다고 해도, 야망과 이상을 소중히 여기며 언젠가는 농업 신문과 가정용 잡지가 청탁의 큰 비중을 차지하지 않기를 갈망하는 그런 작가를 위해서 쓰는 글이다.

친애하는 선생, 부인, 아니면 아가씨, 당신은 자기가 선택한 분야에서 어떻게 문명(文名)을 떨치려 하는가? 천재성으로? 그런데 이런, 당신은 천재가 아니다. 당신이 천재였다면 이런 글을 읽지도 않았을 것이다. 천재성은 억누를 수 없다. 그것은 모든 속박과 구속을 떨쳐내며, 억제되지도 않는다. 천재성은 희귀한 조류 같아서, 당신이나 나처럼 아무 숲에서나 퍼덕이며 날아다니지 않는다. 그렇다면 당신에게 재능은 있는가? 배아 단계이기는 해도, 당연히 있다. 헤라클레스도 배내옷을 입고 뒹굴던 시절에는 이두근이 변변찮았다. 당신도 마찬가지다. 당신의 재능은 계발되지 않은 상태다. 그 재능이 적절한 영양분을 공급받아 충분히 성장했다면 이런 글을 읽느라 시간을 허비할 일도 없었을 것이다. 그러니 당신의 재능이 분별 연령●에 이르렀다고 진심으로 생각한다면 이쯤에서 그만 읽기를. 만약 아니라고 생각한다면, 당신은 어떤 방법을 동원해야 그렇게 되리라 생각하는지?

　당신은 이 질문에 즉시 **독창적인 작가가 되어야 한다**고 대답하고, 그런 다음 **독창성을 꾸준히 강하게 키워나가야 한다**고 덧붙인다. 아주 좋다. 하지만 진짜 문제는 그저 독

● 선악을 구별할 수 있는 나이. 영미법에서는 열네 살 이상을 뜻한다.

창적인 작가여야 한다는 게 아니라(순전한 초보라도 충분히 알겠지만) 어떻게 독창적인 작가가 되느냐다. 어떻게 해야 독서계가 당신의 글을 열렬히 찾도록 할 수 있을까? 어떻게 해야 출판사들이 당신의 글을 애타게 원하게 될까? 다른 독창적인 작가가 남긴 휘황한 흔적을 따르는 것으로는, 다른 누군가의 독창성에서 뿜어져 나오는 빛을 되비추는 방법으로는 독창적인 작가가 되길 기대할 수 없다. 그 누구도 스콧과 디킨스, 포와 롱펠로, 조지 엘리엇 혹은 험프리 워드 부인, 스티븐슨과 키플링, 앤서니 호프, 스티븐 크레인을 비롯한 그 기나긴 명단에 올라간 수많은 작가를 위해 터를 닦아주지 않았다. 그런데도 출판사와 대중은 그들의 작품을 얻겠다며 아우성을 쳤다. 그들은 독창성을 정복했다. 어떻게 정복했을까? 그들은 바람이 불어오는 방향이 바뀔 때마다 매번 고개를 돌리는 멍청한 바람개비 같은 짓을 하지 않았다. 그들은 셀 수 없이 많은 미래의 실패자들과 함께 출발선에서 동등하게 경주를 시작했으며, 전통이 깃든 세상은 그들 모두에게 공평하게 주어진 유산이었다. 하지만 그들은 한 가지 점에서 실패자들과 달랐다. 그들은 원천에서 직접 뽑아냈고, 남의 손을 거친 자료는 거부했다. 그들에게 다른 사람들의 결론과 착상은 전혀 필요치 않았다. 그들은 자기 작품에 '자아'라는 도장을, 저작권보다 훨씬 더 가치 있는 모종의 상표를 찍어야만 했다. 그래서 그들은 세계와 세계의 전통(전통이란 지식과 문화를 일컫는 또 다른 용어이기도 하다)에서 직접 특정한 자료를 추출했고, 그렇게 뽑아낸 자료를 짜 맞춰 각자의 인생철학을 빚어냈다.

'인생철학'이라는 말은 엄밀한 정의를 허용하지 않는다. 우선 이 말은 어떤 특정한 문제에 대한 철학적 사유를 뜻하지 않는다. 영혼이 과거에도 겪었고 미래에도 겪을 고난, 성별에 따라 이중적으로도 단일하게도 적용되는 도덕규범, 여성의 경제적 자립, 획득된 형질이 실은 유전되었을 가능성, 유심론, 환생, 금주 같은 문제 중 하나에 특별한 관심을 두지도 않는다. 그렇지만 인생철학은 언급한 모든 것에 어느 정도 관심을 두며, 그 외에도 실제로 살아가는 남자 혹은 여자가 맞닥뜨리는 온갖 관습과 장애물에도 관심을 보인다. 간단히 말해, 인생철학이란 일상에서 작용하는 삶의 철학이다.

영구적인 성공을 거둔 작가는 모두 이런 철학을 가지고 있었다. 그의 인생철학은 그만이 지닌 독특한 견해였다. 그의 주의를 끄는 모든 것을 견주어보는 척도였다. 그는

자신의 인생철학을 통해 자기가 그려내는 인물을, 자기
가 발설하는 생각을 분명히 드러냈다. 이 철학 덕택에 그
가 쓴 작품은 분별력 있고, 정상적이며, 신선했다. 그의 인
생철학은 새로운 것, 세상이 듣고 싶어 하는 것이었다. 그
철학은 온전히 그의 것으로, 세상이 이미 들었던 얘기를
윤색해 떠들어대는 것이 아니었다.

그러나 오해는 마시길. 그런 철학을 소유했다고 해서
남을 가르치고자 하는 충동이 생겨난다는 뜻은 아니다.
작가 본인이야 어떤 문제에 관해서건 확고한 관점을 가질
수 있지만 그게 그 작가가 특정 목적을 염두에 둔 소설로
대중에게 공격하듯 설교할 이유가 될 수는 없는데, 사실
그러면 안 될 이유도 없기는 하다. 그렇지만 여기서 주목
할 사실은 작가의 이런 철학이 어떤 문제에 관해서건 세
상을 이쪽 아니면 저쪽으로 흔들어대겠다는 욕망으로 드
러나는 일은 거의 없다는 점이다. 몇몇 위대한 작가가 공
공연히 대중을 가르치려 들기는 했지만, 로버트 루이스
스티븐슨 같은 작가들은 대담하면서도 섬세한 방식으로
자아의 대부분을 자기 작품에 집어넣었고, 그러면서도 자
기가 가르칠 게 있다는 식의 태도를 한 번도 내비치지 않
았다.

그러한 실용적인 철학 덕에 작가가 자신을 작품에 집어넣을 수 있을 뿐 아니라, 자신의 일부는 아니지만 본인이 직접 보고 가늠한 것 또한 작품에 집어넣을 수 있다는 사실을 이해해야 한다. 세 명의 지적인 거인, 즉 셰익스피어, 괴테, 발자크라는 삼인조보다 이 말에 더 잘 들어맞는 작가는 없다. 그들 각자는 그들 자신이었으며, 그런고로 서로 비교할 구석이 전혀 없다. 각자는 자아라는 이 저장고에서 본인만의 효율적인 철학을 끌어냈다. 그리고 이 개별적 기준을 통해 작품을 완성했다. 그들도 태어났을 때는 분명 다른 아기들과 아주 비슷했겠지만, 어째서인지 그들은 세상과 세상의 전통으로부터 다른 아기들이 얻지 못한 것을 얻었다. 그건 바로 말하고 싶은 무언가였다. 그 이상도 이하도 아니었다.

당신, 젊은 작가여, 당신에게도 말하고 싶은 무언가가 있는가, 아니면 그저 뭔가 말하고 싶다고 생각만 하는가? 만약 말하고 싶은 무언가가 있다면 어떤 것도 당신의 발언을 막을 수 없다. 당신에게 세상이 듣고 싶어 하는 사상을 생각해낼 능력이 있다면, 그 사상을 담는 형식은 글로 적힌 표현이다. 당신이 명료하게 생각한다면 글도 명료할 것이다. 당신의 사상이 가치 있다면 당신의 글도 가치 있을 것이다. 하지만 당신의 표현이 빈약하다면 그건 당신의 사상이 빈약하기 때문이다. 당신의 표현이 편협하다면 그건 당신이 편협해서다. 당신의 생각이 혼란스럽고 뒤죽박죽인데 어떻게 명쾌한 표현이 나올 수 있겠는가? 당신의 지식이 부족하거나 체계적이지 않은데 무슨 수로 당신의 언어가 폭넓거나 논리적이겠는가? 튼튼하게 중심을 잡아주는, 인생철학이라는 동아줄 하나 없이 어떻게 혼돈에서 질서를 만들어내겠는가? 당신의 선견지명과 통찰을 어떻게 명료히 전달할 것인가? 본인이 소유한 지식의 조각들이 양적으로나 질적으로나 상대적으로 중요하다는 사실을 무슨 수로 깨달을 것인가? 이런 것이 전혀 없다면 어떻게 당신이 당신 자신이 될 수 있겠나? 녹초가 된 세상의 귀에 무슨 방법으로 신선한 말을 불어넣을 셈인가?

이 철학을 획득하려면 열심히 구하는 수밖에 없다. 이 세상의 지식과 문화에서 이 철학을 구성할 재료들을 끌어내는 수밖에 없다. 당신은 부글부글 끓는 표면 아래 존재하는 세계에 대해 무엇을 아는가? 가마솥 깊숙한 곳에서 작용하는 힘을 이해하지 못한다면 표면의 거품에 대해 무엇을 알겠는가? 히브리 신화와 역사, 한데 모여 유대인의 성격을 형성하는 각양각색의 특징, 예수의 믿음과 이상,

열정과 기쁨을 모르는, 희망과 두려움에 대한 개념을 전혀 갖지 않은 화가가 '에케 호모'❀를 그리겠는가? 위대한 게르만 신화에 대해 전혀 모르는 음악가가 〈발퀴레의 기승〉❀❀을 작곡할 수 있겠는가? 당신도 마찬가지다. 공부해야 한다. 인생의 얼굴을 읽어내 이해해야 한다. 어떤 운동의 특성과 양상을 이해하기 위해서는 개인과 집단을 행동으로 이끄는 정신을, 위대한 사상을 탄생시키고 동력을 부여하는 정신을, 존 브라운❀❀❀을 목매달거나 구세주를 십자가형에 처하는 정신에 대해 알아야 한다. 세상만사의 맥을 짚어야 한다. 이 모든 것의 총합이 당신의 철학이 될 테고, 이를 통해 당신은 세상을 측정하고 가늠하고 저울질한 뒤 해석을 내놓을 것이다. 독특한 인장처럼 찍혀 있는 개인의 관점, 그것이 바로 개성이라 알려진 것이다.

역사, 생물학, 진화, 윤리학, 그 외 수많은 갈래의 지식에 대해 당신은 무엇을 알고 있는가? 이 질문에 대해 당

❀　'이 사람을 보라!'라는 뜻의 라틴어로, 빌라도가 가시면류관을 쓰고 십자가에 매달린 그리스도를 가리켜 한 말이다. 이를 소재로 할 때는 일반적으로 가시면류관을 쓴 그리스도의 모습을 그린다.

❀❀　바그너의 음악극 〈발퀴레〉 제3막에 등장하는 음악.

❀❀❀　미국의 노예제도 폐지 운동가 존 브라운(1800~1859).

신은 항의할 것이다. "하지만 저는 그런 것들이 로맨스나 시를 쓸 때 무슨 도움이 될지 전혀 모르겠는데요." 아, 그렇지만 도움이 될 것이다. 그런 지식은 당신의 사고를 확장하고, 시야를 멀리까지 뻗어나가도록 하며, 당신이 활동하는 분야의 경계를 넓힌다. 그 지식은 당신에게 다른 누구와도 다른 철학을 제공하며, 독창적인 사고를 향해 당신을 강하게 밀어붙인다.

"그렇지만 너무 엄청난 과업입니다." 당신은 또다시 반박한다. "그럴 시간이 없단 말입니다." 하지만 다른 사람들은 과업이 엄청나다고 단념하지 않았다. 당신 삶의 시간은 온전히 당신의 처분에 달려 있다. 물론 자기 삶을 완전히 지배할 수야 없겠지만, 당신이 삶을 지배하는 정도에 따라 당신의 효율은 향상될 테고, 그런 만큼 동료들의 주목 또한 받게 될 것이다. 시간이라! 시간이 부족하다는 말은 사실 시간을 경제적으로 사용하지 못하고 있다는 뜻이다. 책 읽는 법을 배운 적이 있기는 한가? 소설 작법을 터득하기 위해서건 비평 능력을 연습하기 위해서건, 지루하기 짝이 없는 단편과 장편소설을 1년에 몇 편이나 열심히 읽는가? 처음부터 끝까지 제대로 읽은 잡지는 몇 권이나 되는가? 당신에게는 시간이 있었지만, 당신은 그 시간을 바보처럼 흥청망청 허비했다. 다시는 돌아올 수 없는 그 시간을. 읽을거리를 분별력 있게 고르는 법을 배우라. 신중하게 잘 훑어보는 법을 배우라. 수염이 희끗한 비실거리는 노인네가 일간신문의 기사뿐 아니라 광고까지 죄다 읽고 있으면 당신은 그 광경을 비웃을 것이다. 하지만 쏟아지는 신작 소설의 파고를 넘고자 용을 쓰는 당신의 모습이라고 그보다 덜 애처로울까? 하지만 그 파고를 피하지는 말라. 최고를 읽으라. 오로지 최고만을 읽으라. 단순히 착수했다는 이유만으로 이야기를 애써 마무리 짓지 말라. 시작도, 끝도, 그 사이 언제라도 당신은 작가라는 사실을 명심하라. 당신이 읽는 것이 남이 한 말이라는 사실을 기억하라. 남의 글만을 읽다가는 그걸 멋대로 갖다 써먹게 되고, 결국 그 외에는 한 글자도 못 쓰게 될 것이다. 시간이라! 당신이 시간을 못 내면, 장담컨대 세상도 당신 말에 귀 기울일 시간을 내주지 않으리라.

Jack London

소설이라는 예술

The Art of Fiction

헨리 제임스

Henry James

소설이라는 예술

The Art of Fiction

　‘심리적 사실주의’의 대가로 일컬어지는 헨리 제임스는《여인의 초상》(1881),《보스턴 사람들》(1886),《대사들》(1903) 등의 장편소설과 〈진짜〉(1892), 〈밀림의 야수〉(1903) 등의 단편소설을 통해 20세기 모더니즘 소설의 문을 연 작가다. 인물의 심리를 파고드는 특유의 기법이 ‘믿을 수 없는’ 일인칭 서술자, 유령 이야기와 결합하면서 독특한 분위기를 자아내는 중편소설《나사의 회전》(1898)은 제임스의 소설 중 대중적으로 가장 널리 알려진 작품이다.

　제임스의 이 유명한 에세이는 1884년 9월《롱맨스 매거진》에 처음 발표되었으며, 이후 1888년에 출간된 제임스의 문학비평집《부분적 초상》에 다시 수록되었다. 제임스가 도입부에서 밝히고 있듯, 이 에세이는 독립된 원고로 구상된 것이 아니라 그와 동시대에 활동한 영국 소설가 월터 베전트가 쓴 동명의 에세이에 대한 반박으로 쓰였다. 베전트는 소설에는 보편직인 규칙이 있어야 하며 의식적인 도덕적 목적, 즉 ‘교훈’을 제시해야 하고 스토리텔링을 중시해야 한다고 주장했는데, 제임스는 이에 맞서 창작의 자유를 역설하고 인물을 통해 ‘삶을 재현’하는 것이야말로 소설이라는 예술의 핵심임을 특유의 복잡하고 섬세한 문장을 통해 꼼꼼히 논증한다.

월터 베전트* 씨가 같은 제목으로 최근 출간한 흥미로운 소책자가 내 무모함의 빌미가 되어주지 않았더라면, 한 주제를 충분히 심사숙고해 더 깊은 논의로 이어가기에는 턱없이 부족한 이런 짧은 글에 이토록 거창한 제목을 붙이지는 않았을 것이다. 소책자의 원형인, 왕립 연구소에서 행해진 베전트 씨의 강연을 보면 많은 사람이 소설이라는 예술에 흥미를 두며, 실제 소설을 쓰는 사람이 소설에 대해 하는 말에 아예 무관심하지는 않은 듯하다. 따라서 바람직한 연상 작용**에서 얻을 이점을 놓칠세라 나 또한 베전트 씨가 불러일으킨 것이 분명한 관심을 틈

  ❋   영국의 소설가 월터 베전트(1836~1901).

❋ ❋   두 글의 제목이 같다는 점에서 생길 연상 작용을 이른다.

타 몇 마디 얹고자 한다. 베전트 씨가 '스토리텔링'이라는 수수께끼에 관한 본인의 생각을 어느 정도 정립해놓았다는 점도 무척 고무적인 일이다.

이는 삶과 호기심이 존재한다는 증거다. 이때 호기심이란 동료 소설가들이 품은 호기심뿐 아니라 독자 쪽에서 품는 호기심이기도 하다. 불과 얼마 전까지만 해도 영국 소설은 프랑스인들의 표현을 빌리자면 '논할 만한(discutable)' 것이 아니라고 여겨진 듯하다. 영국 소설은 나름의 이론이 있다거나, 확신이 있다거나, 이면의 자기의식 따위가 있어 보이지 않았다. 다시 말해 소설이 예술적 신념의 표현이며 선택과 비교를 거친 결과물이라는 티가 전혀 나지 않았다. 그런 소설이 반드시 더 형편없는 것이라는 얘기는 아니다. 이를테면 디킨스와 새커리가 이해하던 소설 형식에 티끌만큼의 결점이라도 있었다고 운이라도 떼려면 지금 내게 있는 것보다 훨씬 큰 용기가 필요하리라. 그렇지만 (재차 프랑스어의 도움을 받아 말해도 괜찮다면) 영국 소설은 '순박(naïf)'했으며 이제 어떤 식으로건 이 '순박함'을 상실할 운명에 처한 것이 명백하다면, 그 상실에 상응하는 장점을 확보할 생각을 떠올려야 할 때다. 앞서 언급한 작가들의 시대에는 푸딩이 푸딩이듯 소설은 소설이고, 따라서 소설을 가지고 할 일이라고는 그냥 꿀떡 삼키는 것뿐이라는 편안하고 명랑한 분위기가 널리 퍼져 있었다. 하지만 최근 1~2년 사이 이런저런 이유로 활기가 되돌아오는 조짐이, 토론의 시대가 열릴 조짐이 어느 정도 보인다. 예술은 토론, 실험, 호기심, 다양한 시도, 관점 교환과 입장 비교를 먹고 살아간다. 예술에 대해 딱히 할 말이 없는 시대, 창작의 이유와 선호의 근거를 댈 필요가 없는 시대란 영광스러운 시대일지는 몰라도 발전은 없는 시대, 심지어는 다소 따분한 시대일지 모른다. 어떤 예술이건 성공적으로 제작된 모습은 실로 보기 즐거운 광경이지만 이론 역시 흥미로운 분야다. 작품 없이 존재하는 이론이 꽤 많기는 해도, 진정한 예술적 성공의 핵심에 굳건한 확신이 잠복하지 않았던 적은 한 번도 없던 듯싶다. 토론, 제안, 명확한 설명, 이러한 것들이 솔직하고 진지하면 토양이 비옥해진다. 베전트 씨는 소설을 어떻게 써야 하는지에 대한 나름의 의견을 전달하는 방식뿐 아니라 그 의견을 출간하는 방법에 대해서도 탁월한 모범을 보여주었다. 왜냐하면 '예술'에 대한 그의 견해가 부록까지 이어져 그 부분마저 포괄하기 때문이다. 분명 같은 분야의 종사자들이 그 논의를 이어받아 각자의 경험에 비추

어볼 테고, 그로 인해 소설에 대한 우리의 관심이 한참은 생겨나지 못할 뻔했던 형태, 즉 진지하고 활발하며 탐구적인 관심으로 조금이나마 바뀔 것이며, 이런 기꺼운 탐구의 비호 덕택에 문득 자신감이 들면 소설이라는 예술 역시 저 나름의 생각을 좀 더 과감히 끄집어낼 분위기가 조성되지 않을까 싶다.

대중이 소설을 진지하게 여기려면 소설부터가 자기를 진지하게 여겨야 한다. 소설이 '사악'하다는 구태의연한 미신적 사고는 확실히 영국에서 자취를 감췄지만, 자기가 하는 얘기가 그저 농담 따먹기에 불과하다고 많건 적건 인정하지 않는 작품에 보내는 비딱한 시선에는 그 사고의 잔재가 여전히 남아 있다. 심지어 정말 익살맞은 소설조차도 예전에 문학적 경박함에 가해졌던 배척의 영향력이 어느 정도 느껴진다. 익살이 정론으로 통하는 데 늘 성공하지는 못하는 것이다. 아마 대놓고 말하기는 겸연쩍을지 몰라도, 어쨌거나 '가공'의 산물(그게 바로 '이야기'가 아니라면 무엇이겠는가?)에 불과하다면 어는 정도 변명하는 태도를 보여야 한다는, 다시 말해 삶을 진정으로 재현하는 시도를 하고 있다는 허세를 거둬야 한다는 바람은 여전하다. 물론 분별 있고 빈틈없는 이야기라면 그 기대에 부응하기를 정중히 거부할 텐데, 그런 조건에서 보장되는 관용이란 관대함이라는 탈을 쓰고 자기를 질식시키려는 시도임을 재빨리 간파하기 때문이다. 소설에 품었던 옛 복음주의자들의 적대감, 불멸의 영혼에 해롭기로는 무대극과 피차일반이라 보았으며 편협한 만큼이나 노골적이던 그런 적대감이 차라리 덜 모욕적이었다. 삶을 재현하려는 시도야말로 소설의 존재를 떠받치는 유일한 근거다. 우리가 화가의 캔버스에서 보는 것과 동일한 바로 그 시도를 포기한다면, 소설은 아주 묘한 처지에 놓이고 말 것이다. 그림이 용서를 구한다며 제 몸을 낮추리라고 기대할 사람은 아무도 없지 않은가. 게다가 화가의 예술과 소설가의 예술은, 내가 이해하는 한에서는 완벽한 닮음 관계다. 영감을 얻는 방식도 똑같고, 작업 과정도 (매체의 특성이 다르다는 점은 인정하지만) 동일하며, 거두는 성공도 똑같다. 두 분야는 서로에게서 배우며 서로를 설명하고 지지한다. 대의명분도 같고 한쪽이 누리는 영광은 다른 쪽의 영광이기도 하다. 이슬람교도들은 그림을 불경스러운 것으로 여기지만 기독교인들은 그러지 않은 지 한참 됐는데, 그렇다면 기독교인의 마음속에 그림의 자매 격인 예술에 대한 의혹이(비록 아닌 척 숨기고는 있지만) 오늘날까지도 남아 있다는 사실이 참으로 이상하다. 이 의혹을 불식할 유일한 효과적인 방법은 내가 방금 언급한 닮음 관계, 즉 그림이 현실이라면 소설은 역사가 아니겠느냐는 주장을 강조하는 것뿐이다. 우리가 소설에 대해 선뜻 내놓을 수 있는 일반적인(그럼으로써 소설을 정당화할) 설명은 그것뿐이다. 역사에서도 삶의 재현이 용인되는데, 그림과 마찬가지로 그 점에 대해 변명을 내놓길 바라는 일은 없다. 소설의 소재도 역사와 마찬가지로 문서와 기록에 저장되어 있고, 캘리포니아 사람들 말마따나 '들통'나지 않으려면 소설 역시 역사가 같은 말투로 확신을 품고 말해야 한다. 그런데 몇몇 숙달된 소설가 중에는 버릇처럼 '들통'이 나는 이들이 있어서 그들의 소설을 진지하게 여기는 사람들의 눈에 자주 눈물을 맺히게 할 때가 있다. 나는 최근 앤서니 트롤럽의 소설을 꼼꼼히 읽다가 그가 특히나 이런 문제에서 분별력이 없다는 사실에 무척 놀랐다. 그는 여담이나 삽입구, 방백 등을 통해 화자 본인과 사람 잘 믿는 친구가 그저 '가공'일 뿐이라고 독자들에게 시인하고 있었다. 자기가 서술하는 사건들은 실제 일어난 일이 아니며, 따라서 독자들이 제일 선호하는 방향으로 서사를 바꿀 수도 있다는 식으로 말한 것이다. 성스러운 직무를 그런 식으로 배신하는 건, 터놓고 얘기컨대 끔찍한 범죄처럼 보인다. 그것이야말로 내가 말하는 변명하는 태도이며, 트롤럽의 소설에서 그런 태도를 발견했을 때 내가 받은 충격은 기번이나 매콜리의 역사책에서 받았을 충격과 전혀 다르지 않았다. 그런 태도는 소설가는 역사가만큼 진실(여기서 내가 말하는 진실이란 당연히 트롤럽이 상정하는 진실, 즉 그게 뭐건 간에 우리가 인정해줘야 하는 전제들이다)에 몰두하지 않는다는 의미를 함축하며, 그럼으로써 소설가가 서 있어야 할 자리를 일거에 박탈한다. 과거, 즉 인간의 행위를 묘사하고 재현하는 일은 양쪽 저술가 모두의 과업이다. 내 눈에 보이는 유일한 차이는 소설가 쪽의 영광이 성공에 비례해 커진다는 점뿐인데, 이는 소설가에게는 순전히 문학적이라 하기 어려운 증거자료를 모으는 수고가 포함되기 때문이다. 내가 보기에 소설가의 위대한 특성은 그가 철학자와 화가 양쪽과 동시에 많은 공통점을 지닌다는 사실에 기인하는 듯하다. 이런 이중의 닮음 관계야말로 소설가에게 주어진 엄청난 유산이다.

베전트 씨가 소설도 엄연히 예술이라는 사실을 강조하면서 지금까지는 음악, 시, 회화, 건축 등의 성공적인 직업에만 주어지던 영예와 보수를 받아 마땅하다고 주장했을 때 그의 머릿속을 온통 사로잡은 것은 분명 이런 점들이었으리라. 이렇게 중요한 진실은 아무리 강하게 주장해도 지나치지 않은 법이며, 베전트 씨가 소설가의 작업에 대해 요구하는 위상은, 조금 덜 추상적으로 말하자면 그저 예술적이라는 평판을 얻는 정도가 아니라 무척이나 예술적이라는 평가를 받아야 한다는 주장이라고 말할 수 있다. 그가 이런 주장을 힘주어 밝힌 것은 정말 훌륭한 일이다. 그가 그랬던 것은 그럴 필요가 있었음을, 그의 주장이 많은 이에게 유별난 것으로 여겨질 수 있었음을 암시하기 때문이다. 그런 생각이 드니 설마 싶어 눈을 비비며 베전트 씨의 글을 마저 다 읽어봐도 같은 깨달음을 새삼 확인할 뿐이다. 사실 이런 주장을 더 확실히 해둬야 하지 않을까 싶기도 하다. 소설이 예술적이어야 한다는 생각을 한 번도 해본 적 없는 사람들에 더해, 만약 소설이 예술이어야 한다는 원칙을 강력히 들이밀면 막연한 불신에 사로잡힐 사람들이 무척 많을 것 같다고 말해도 과히 틀릴 성싶지 않으니 말이다. 그들은 자기가 느끼는 반감을 정확히 설명하기 어려워하겠지만, 그 반감은 그들에게 강력한 방어벽을 세워놓을 것이다. 무척이나 많은 것이 기묘하게 뒤틀려 있는 우리 프로테스탄트 사회의 어떤 부류들은 '예술'이 그것을 중요한 고려 사항으로 간주하고 그 가치를 균형 있게 평가하는 사람들에게 막연히 해로운 영향을 끼친다고 생각한다. 그들에게 예술은 모종의 수수께끼 같은 방식으로 도덕, 오락, 교육에 대립하는 것으로 여겨진다. 예술이 화가(조각가는 또 다른 문제다!)의 작품으로 구현되면 사람들은 그게 무엇인지 이해할 수 있다. 분홍색, 녹색으로 칠해진 채 금빛 액자에 담겨 떡하니 앞에 놓여 있으니 최악인 부분을 한눈에 알아보면서 경계를 늦추지 않을 수 있다. 하지만 예술이 문학에 도입되면 훨씬 음흉해진다는, 즉 정체를 파악하기 전에 해를 끼칠 위험이 있다는 것이다. 문학이란 교훈적이든지 재미있든지 해야지, 예술성에 대한 집착, 즉 형식의 추구는 재미와 교훈 양쪽에 전혀 도움이 되지 못할뿐더러 외려 방해가 된다는 생각이 많은 사람의 머릿속에 있다. 그런 문학이란 사람을 교화하기에는 너무 시시하고, 소일하기에는 지나치게 진지하며, 더군다나 도덕군자인 양하는데 앞뒤도 맞지 않고 쓸데없다는 것이다. 글을 훌렁훌렁 넘겨 보는 연습 삼아 소설을 읽는 많은 사람에게 잠재하는 생각이 말로 정확히 표현된다면 아마 이런 식이지 않을까 싶다. 물론 그들이야 소설이 '좋아야' 한다고 주장하겠지만, 다들 이 '좋다'

는 말을 저 좋을 대로 해석할 것이므로, 그 뜻은 비평가에 따라 천차만별일 것이다. 누구는 '좋은' 소설이 고결하고 야심만만한 인물을 창조해 중요한 역할을 부여해야 한다고 할 테고, 또 누구는 '좋은' 소설이란 '해피엔드'가 좌우한다고, 즉 결말에서 보상과 수당, 남편, 아내, 아기, 대다수 대중, 후일담과 유쾌한 재담을 어떻게 적절히 분배하느냐에 달려 있다고 할 것이다. 또 다른 누구는 '좋은' 소설은 사건과 행동으로 가득 차야 하므로 정체 모를 이방인은 과연 누구였는지, 도둑맞은 유언장은 발견되었는지 등이 궁금해서 얼른 뒷부분부터 읽고 싶어질 정도여야 하며 따분한 분석이나 '묘사'가 이런 즐거움을 방해해서는 안 된다고 할 것이다. 하지만 이들 모두 '예술적' 발상이 자기들의 재미를 망치리라는 점만큼은 동의할 것이다. 혹자는 그게 줄줄이 이어지는 묘사 탓이라 주장할 테고, 또 누구는 공감 능력의 부재에서 드러난다고 할 테다. '예술적' 발상이 해피엔드에 드러내는 적대감은 명백하기 짝이 없고, 심지어 어떤 경우에는 결말을 짓는 걸 아예 불가능하게 만들어버린다는 것이다. 많은 이에게 소설의 '결말'이란 훌륭한 만찬에 딸린 디저트와 아이스크림 코스와 같아서, 소설 분야의 예술가란 맛있는 후식을 금지하는 오지략 넓은 의사 같은 자로 여겨진다. 그러다보니 소설을 탁월한 형식으로 간주하는 베전트 씨의 생각에 사람들은 부정적으로나 긍정적으로나 무관심하게 반응하고 말 뿐이다. 소설이 하나의 예술 작품으로서 해피엔드, 공감 가는 인물, 객관적인 어조를 제공하는 것이 그 본질상 중요한지 아닌지 하는 문제를, 마치 소설이 정비공의 작업물이라도 되는 양 딱히 대단치 않은 일로 치부하는 것이다. 이따금 설득력 있는 목소리가 소설도 다른 문학 분야와 마찬가지로 자유로우면서 동시에 진지하다는 사실을 소리 높여 일깨우지 않는다면, 일관성 없이 아무렇게나 결합된 생각들이 소설에 큰 부담을 지우기 십상일 것이다.

물론 우리 세대의 얇은 귀에 호소하는 저 엄청난 숫자의 소설들을 보면 이런 주장이 때로 미심쩍을 수도 있겠다. 이토록 빠르고 쉽게 생산되는 상품에 딱히 대단한 특성이 있을 성싶지는 않으니 말이다. 나쁜 작품 때문에 좋은 소설까지 평판에 금이 가고, 이쪽 분야가 너무 많은 작품으로 붐비는 바람에 전체적으로 신용이 떨어진다는 사실은 인정해야만 한다. 하지만 이런 피해는 그저 표면상 문제일 뿐이며, 쓰인 소설의 양이 지나치게 많다는 사실이 저 원칙 자체에 대한 반증은 아니다. 다른 분야의 문학과 마찬가지로, 또한 오늘날 세상 모든 것이 그렇듯 소설도 저속해졌으며, 다른 문학 분야보다도 훨씬 저속해지기 쉽다는 사실 역시 입증되었다. 하지만 좋은 소설과 나쁜 소설에는 예나 지금이나 큰 차이가 있다. 나쁜 소설은 서투른 그림, 망친 대리석 조각과 함께 쓸려나가 아무도 찾지 않는 지옥의 변방 내지는 세계의 뒤창 아래쪽 무한한 넓이의 쓰레기장에 처박힌다. 좋은 소설은 시간을 초월해 존속하면서 빛을 발하고, 완벽을 향한 우리의 욕망을 자극한다. 이쯤에서 자신의 예술에 대한 사랑이 말투에 뚝뚝 묻어나는 베전트 씨에게 딱 한 가지 비판을 할 수 있다면 여기서 바로 해버리는 편이 나을 듯하다. 내가 보기에 베전트 씨는 좋은 소설이란 어떤 모습이어야 할지 사전에 확실히 정하려는 우를 범했다. 내가 이 짧은 글을 쓴 목적도 그런 실수가 불러일으키는 위험을 지적하고자 함이었고, 이 주제에 관해서라면 **선험적으로** 적용되는 어떤 전통이 있으며, 삶을 참으로 직접적으로 재현하고자 하는 예술의 건강은 완벽한 자유로움을 요구한다는 점 또한 주장하고자 함이었다. 예술은 실천으로 살아가며, 실천의 의미란 바로 자유다. 자의적이라는 비난을 초래하는 일 없이 우리가 사전에 소설에 부과할 단 하나의 의무는 흥미

로워야 한다는 점뿐이다. 소설에 부과되는 보편적인 책무
는 오직 흥미로워야 한다는 것뿐, 이외에 다른 건 떠오르
지 않는다. 내 생각에 (우리의 흥미를 *끄는*) 결과를 자유롭
게 성취하는 방법은 셀 수 없으며, 관례에 따라 제한을 두
거나 한계를 정하는 경우가 아니고서야 고생할 일이 없
다. 그 방법은 사람의 기질만큼이나 다양하고, 남들과는
다른 특별한 정신을 많이 드러낼수록 성공한다. 아주 폭
넓게 정의하자면 소설이란 삶에 대한 개인적인, 즉 직접
적인 인상이다. 그것이 소설의 가치를 만들며, 소설의 가
치는 삶에 대한 인상의 강렬함에 따라 커지거나 작아진
다. 하지만 자유롭게 느끼고 말할 수 없다면 강렬함은 생
겨나지 않을 것이며, 따라서 가치도 만들어지지 못할 것
이다. 따라야 할 선과 취해야 할 어조와 채워야 할 형식의
윤곽을 그린다는 것은 자유를 제한하고 우리가 진짜로 궁
금해마지않는 것을 억압하는 일이다. 내가 보기에 형식이
란 사후에, 창작된 다음에 음미해야 하는 것이다. 그때가
되어서야 작가의 선택이 드러나고 기준이 보이며, 그러면
우리는 작품의 선과 방향을 따라가면서 어조와 유사성을
비교할 수 있다. 간단히 말해 참으로 매력적인 즐거움을
만끽할 수 있고, 작품의 수준을 평가할 수 있으며, 솜씨를

점검할 수 있다. 작품의 솜씨는 온전히 작가의 몫이다. 솜씨는 한 작가에게 속한 지극히 개인적인 것이므로 우리는 그것으로 작가를 평가한다. 창작자로서 무엇을 시도하는 데 있어 어떤 제한도 없다는 사실은 소설가가 누리는 장점이자 호사인 동시에 고통이며 책무이다. 소설가는 가능한 실험, 노력, 발견, 성공에 어떤 제한도 없다. 특히나 이런 점에서 소설가는 형제 격인 화가와 마찬가지로 한 걸음 한 걸음씩 작업하는데, 화가는 자기가 가장 잘 아는 방식으로 그림을 그린다고 말할 수 있겠다. 그의 방식은 그만의 비밀이긴 해도, 딱히 꽁꽁 싸매 간직하는 것은 아니다. 설령 자기 방식을 공개한다 해도 모두에게 통하는 방법인 것처럼 설명할 수는 없다. 남에게 그걸 가르치려 들면 우왕좌왕할 것이다. 그림을 그리는 예술가와 소설을 쓰는 예술가의 방법에 공통점이 있다고 주장했던 사실을 응당 기억하고 있기에 하는 말이다. 화가는 본인이 사용하는 기법의 기초를 가르칠 수 있고, (적성에 맞다면) 훌륭한 작품을 연구함으로써 그림을 그리는 법과 글을 쓰는 법 양쪽을 모두 배우는 것도 가능하다. 다만 이 **친선 관계**를 해치지 않는 선에서 분명한 사실은, 문학가는 자기 제자에게 "아, 자네가 할 수 있는 방식으로 해야 한다네!"라고 말해야 할 의무가 다른 예술가보다 크다는 점이다. 이는 정도의 문제이자 섬세함의 문제다. 정확한 과학이 있다면 정확한 예술 또한 존재하며, 그림의 문법은 훨씬 명확하므로 여기서 차이가 생긴다.

하지만 이쯤에서 한마디 덧붙여야겠다. 베전트 씨는 본인의 글 서두에서 "소설의 법칙도 화성, 원근, 비례의 법칙만큼이나 세밀하고 정확하게 규정하고 가르칠 수 있을 것이다"라고 말하는데, 여기서 그는 자신의 주장을 '보편적인' 규칙인 양 내세우고는 이의를 제기하기 껄끄러운 방식으로 이 규칙들을 표현함으로써, 아무리 그래도 좀 지나치다 싶은 부분을 얼버무린다. 그가 제시하는 규칙은 이를테면 다음과 같다. 소설가는 자기 경험을 바탕으로 써야 한다, "등장인물은 현실적이고 실제 삶에서 만날 법한 사람이어야 한다", "조용한 시골 마을에서 자란 젊은 여성이라면 군부대 생활의 묘사를 삼가야 한다", "친구 관계나 사적인 경험이 중하층 계급에 속해 있는 작가는 본인 소설 속 인물을 상류사회에 들이는 일을 조심스럽게 회피해야 한다", 작가는 비망록에 잘 적어두는 습관을 들여야 한다, 인물의 윤곽을 명확히 그려내야 한다, 그렇지만 대사나 행동거지 같은 잔재주를 동원해 선명히 그려내는 건 나쁜 방법이며 "장황한 묘사"는 더 나쁜 방법이다, 영국 소설에는 "의식적인 도덕적 목적"이 있어야만 한다, "섬세한 기량, 즉 문체의 가치는 제아무리 높이 평가해도 지나치지 않다", "그 무엇보다 중요한 점은 스토리다", "스토리야말로 전부다" 등등. 분명 대부분 공감할 수밖에 없는 규칙이다. 중하층 계급의 작가라면 자기 주제를 알아야 한다는 대목이 다소 오싹하게 들리기는 해도, 나머지 권장 사항에는 이의를 제기하기 어렵다. 하지만 그와 동시에, 비망록에 글을 써두라는 것 정도를 제외하면 이와 같은 조언에 적극적으로 동의하기도 어렵다. 내가 보기에 이런 조언들에는 베전트 씨가 소설가의 규칙에 부여한 특성, 즉 "화성, 원근, 비례의 법칙"이 가지고 있는 "치밀함과 정확성"이 없다. 이 조언들은 시사적이고, 심지어 영감을 불러일으키지만, 적확하지는 않다. 내가 방금 주장한 해석의 자유에 대한 증거로서 받아들여지는 경우라면야 의심의 여지 없이 적확하겠지만 말이다. 이런 색다른 지시 사항들(무척 아름다운데 정말 애매하긴 하다)이 가진 가치는 전적으로 사람들이 그 지시 사항들에 부여하는 의미에 달렸다. 현실적으로 다가오는 인물과 상황은 독자에게 감동을 주고 흥미를 불러일으키겠지만 정작 현실성의 척도를 딱 부러지게 정하기란 매우 어렵다. 돈키호테나 미코 버 씨[*]의 현실성은 무척이나 야릇한 색조를 띠고 있다. 그건 작가의 시각으로 잔뜩 채색된 현실성이라서 생생할 지는 모르지만 본보기로 제시하기는 망설여진다. 그랬다 가는 학생에게서 무척 당혹스러운 질문을 받게 될 것이 다. 현실감각이 없으면 좋은 소설을 쓰지 못하리라는 것 은 당연한 소리다. 하지만 그런 감각을 일깨우는 비결을 제공하기는 어려울 것이다. 인간성이란 광대하며, 현실의 형태는 가지각색이다. 확실하게 단언할 수 있는 것은 어 떤 소설의 꽃에서는 향기가 나고 어떤 꽃에서는 나지 않 는다는 점뿐이다. 꽃다발을 구성하는 방법을 집필 전에 알려주는 것은 향기와는 별개 문제다. 경험에서 우러나온 글을 써야 한다는 말은 훌륭하지만, 그런 만큼이나 어쩌 라는 건가 싶다. 우리 머릿속 상상의 작가 지망생이 그런 조언을 듣는다면 조롱당하는 기분일지도 모른다. 대체 그 게 어떤 경험이란 말이며, 또 그 경험은 어디서 시작하고 어디서 끝난단 말인가? 경험에는 한계가 없고 완결도 없

[*] 영국의 소설가 찰스 디킨스(1812~1870)의 소설 《데이비드 코퍼필드》에 등장하는 인물.

다. 경험은 광대무변한 감수성이고, 가느다랗기 그지없는 명주실로 짜여 의식의 방에 걸려 있는 거대한 거미집 같은 것으로, 공중에 부유하는 온갖 입자를 다 포획한다. 그것은 정신이 장악한 장소이며, 그 정신의 상상력이 풍부하다면(천재의 정신일 경우는 훨씬 더) 제아무리 희미한 삶의 흔적이라도 포획해 그 약동하는 분위기를 생생히 드러낸다. 그 시골 마을의 젊은 여성은 그저 어떤 것도 놓치지 않는 숙녀일 뿐인데 군대에 대해 입도 벙긋 말라는 식으로 단언하면 (내가 보기에는) 참으로 불공평하다. 우리는 그녀가 상상력의 도움을 받아 이 군인들에 대해 진실을 말하는 것보다 큰 기적도 보아왔다. 어느 천재적인 영국인 여성 소설가가 들려준 이야기가 생각난다. 자기 소설이 프랑스인 젊은 남성 신교도의 본성과 삶의 방식을 생생하게 전달했다는 찬사를 받았다는 것이었다. 잘 알려지지 않은 그런 사람들에 대한 지식을 어디서 그렇게 많이 얻었느냐는 질문과 함께 특별한 기회를 얻어서 좋았겠다는 축하 인사도 받았다고 했다. 그 기회란 그녀가 파리에 체류하던 시절 계단을 오르다가 열린 문 앞을 지나친 적이 있는데, 문 안쪽의 목회자 집에서 신교도 청년 몇 명이 막 식사를 끝내고 식탁 앞에 둘러앉아 있던 모습을 보았던 일을 일컫는 것이었다. 그 흘끗 본 모습이 그림처럼 선명히 남았다. 불과 한순간이었지만 바로 그 순간이 경험을 이루었다. 그녀는 거기서 자신만의 직접적인 인상을 얻었고, 자신만의 유형을 빚어냈다. 그녀는 청년이라는 존재를 알았고, 개신교가 무엇인지도 알았다. 또한 프랑스인이 어떤지를 직접 보았다는 이점까지 있었기에, 이런 생각들을 하나의 확고한 이미지로 전환해 특정한 현실을 만들어낸 것이다. 하지만 무엇보다 그녀는 하나를 들으면 열을 아는 재능을 축복처럼 타고났으며, 예술가에게는 그런 재능이야말로 우연히 태어나 살게 된 동네나 어쩌다 누리게 된 사회적 지위보다 훨씬 커다란 힘의 원천이다. 보이는 것에서 보이지 않는 것을 짐작하는 힘, 상황의 함의를 추적하는 힘, 일부 패턴에서 전체를 추정하는 힘, 삶전체를 철두철미 실감함으로써 인생의 구석구석을 모조리 파악하며 살아가는 상태 등. 이렇게 똘똘 뭉쳐 있는 재능이 바로 경험을 구성한다고 말할 수 있을 테고, 이런 재능은 시골에서도 도시에서도 나타나며, 교육 수준이 천차만별이어도 생겨난다. 만약 경험이 인상으로 이루어져 있다면, 인상 또한 경험이라 할 수 있으리라. 인상이란 우리가 공기처럼 들이마시는 것이니 말이다(지금껏 우리가 살펴

본 게 바로 이런 점 아니던가?). 따라서 내가 초보자에게 "경험에서, 오직 경험에서 우러난 걸 쓰세요"라고 충고해야 한다면, 그런 다음에 "거기서 어떤 것도 놓치지 않는 사람이 되시길!" 같은 말이라도 덧붙이지 않는 이상 그런 충고는 다소 감질나는 얘기 같다는 생각이 안 들 수가 없다.

이렇게 말한다고 해서 내게 정확성, 즉 세부 사항의 진실함이 갖는 중요성을 축소하려는 의도는 전혀 없다. 다들 나름의 취향에 근거할 때 가장 설득력 있는 주장을 펼칠 테니, 여기서 감히 말해보자면 내가 보기에 소설의 최고 덕목은 바로 현실적 분위기(구체적 묘사의 견고함)이며, 그 외의 모든 장점(베전트 씨가 이야기하는 의식적인 도덕적 목적까지 포함해)은 바로 이 덕목에 속수무책으로 고분고분 따라야 한다. 현실적 분위기라는 장점이 없다면 다른 건 하찮을 뿐이며, 이 장점이 있다면 다른 장점들이 발휘하는 효과는 작가가 성공적으로 형상화한 삶의 환영 덕택이다. 내 취향에서 보기에는 이런 성공을 일구어내는 일, 이 예민한 과정을 연구하는 일이 소설가가 창조하는 예술의 시작이자 끝이다. 이런 일들이야말로 소설가의 영감이자 좌절이자 보상이자 고통이자 기쁨이다. 그가 삶과 겨루는 지점이 바로 여기다. 그는 바로 이 지점에서 사물의 외양과 그 외양이 전달하는 의미를 표현하는 동시에 인간사에서 펼쳐지는 색채를, 도드라짐을, 표현된 것을, 표면을, 본질을 포착하고자 **나름의** 노력을 기울이면서 형제 격예술가인 화가와 겨룬다. 기록을 잘 해두라는 베전트 씨의 말도 이런 면에서라면 무척 영감에 찬 권고다. 소설가에게는 너무 많이 적었다는 것도, 이만하면 충분히 적었다는 것도 있을 수 없는 일이다. 삶 전체가 그를 향해 아우성을 치다보니 한갓 단순한 표면을 '그려내는' 일도, 찰나의 환영을 만들어내는 일도 정말 복잡하기 짝이 없다. 베전트 씨가 무엇을 기록해야 하는지까지도 소설가에게 알려줄 수만 있었다면 상황도 훨씬 편해지고 따라야 할 규칙도 분명했으리라. 하지만 어떤 설명서에서도 그런 건 배울 수 없지 싶다. 그건 본인 인생의 과업이니까. 소설가는 몇몇을 고르기 위해 수많은 것을 받아들여야 하고, 할 수 있는 한 그것들을 발전시켜야 하며, 얻은 교훈을 응용할 때가 되면 제아무리 해줄 말이 많은 안내자와 철학자라 할지라도 소설가를 혼자 놔둬야 한다. 그건 화가를 팔레트와 교감하도록 내버려두는 것과 마찬가지다. 베전트 씨의 말대로 인물의 윤곽을 '명확히 그려내야' 한다는 점에 대해서는 소설가 역시 뼛속까지 절감하고 있겠지만,

그걸 해내는 방법은 어디까지나 소설가의 수호천사와 소설가 본인 사이의 비밀이겠다. 상당한 양의 '묘사'로 그 일을 해낼 수 있다거나, 반대로 묘사를 제하고 대화를 채워 넣거나, 대화를 빼버리고 '사건'을 잔뜩 집어넣으면 난관에서 벗어난다고 배운다면야 일은 터무니없이 간단해질 것이다. 이를테면 소설가가 묘사와 대화, 사건과 묘사를 이렇게 곧이곧대로 대립시키는 이런 상황에서 별다른 의미나 깨달음을 얻지 못하는 사고 구조를 지닌 사람일 가능성은 차고도 넘친다. 사람들은 종종, 이것들이 매 순간 서로에게 녹아들고 있으며 문학적 표현을 위해 기울이는 전반적인 노력의 과정에서 밀접하게 연결된 요소들이 아니라 서로 못 죽여 안달이 난 별개의 존재들인 양 이야기한다. 네모난 덩어리를 줄줄이 늘어놓는다고 작품이 되리라 상상할 수 없듯이, 나는 논의할 만한 가치가 있는 소설에서 서술의 의도가 없는 묘사, 묘사의 의도가 없는 대화를 상상할 수 없다. 일말의 진실이라 해도 사건의 본질을 포함하지 않는 진실이 있다는 걸 상상할 수 없고, 예술 작품이 성공을 거둘 수 있는 단 하나의 일반적인 원천, 즉 분명히 보여주는 방식 외의 다른 원천에서 흥미를 끄집어내는 사건도 상상이 가지 않는다. 소설은 다른 유기

체와 마찬가지로 전체가 연속적으로 긴밀히 연결된 살아 있는 존재이며, 생생히 살아 있는 정도에 비례해 각 부분이 다른 부분을 어느 정도 포함하고 있을 것이다. 이때 비평가가 완성된 작품이 형성하는 조밀한 구조 위에 각 요소가 속해 있는 지형도라도 그릴 수 있다는 듯 군다면 그는 지금껏 역사에 알려진 그 어떤 것 못지않게 인위적인 국경선을 그리게 되리라. 인물 중심의 소설과 사건 중심의 소설이라는 철 지난 구분법이 있는데, 자기 작업에 여념이 없는 미래의 이야기꾼이 들었다면 그저 씩 웃고 말았을 게 분명하다. 내게 이런 건 똑같이 유명한 구분인 소설과 로맨스의 구분*만큼이나 본질에서 벗어난 듯하며, 실제 현실에 대한 유의미한 대답도 되지 못한다. 좋은 소설과 형편없는 소설이, 좋은 그림과 형편없는 그림이 있을 뿐이고, 내가 보기에 의미를 발견할 수 있는 유일한 구분은 이것뿐이며, 나로서는 그림에서 인물만 얘기하는 게 상상이 가지 않듯 소설에서 인물 얘기만 하는 것도 상상이 가지 않는다. 사람들은 그림 얘기를 할 때 인물을 말하

---

* 여기서 ‘소설’은 어느 정도 실제에 기반한 사실주의적 작품을, ‘로맨스’는 이에 비해 비현실적이고 공상적인 이야기를 가리킨다.

고 소설 얘기를 할 때 사건을 말하지만, 이 용어들은 내키는 대로 바꿔 쓸 수 있다. 인물이라는 것이 사건을 결정하는 게 아니라면 무엇이겠나? 사건이라는 것이 인물을 그려내는 게 아니라면 무엇이겠나? 그림이건 소설이건 인물과 연결되지 않은 게 있기는 한가? 그 안에서 우리가 찾고 발견하는 게 달리 또 뭐가 있나? 한 여성이 탁자에 손을 짚은 채 서서 여러분을 특정한 방식으로 바라본다면 그건 사건이다. 그게 사건이 아니라면 뭐라 불러야 할지 난감하다. 동시에 그건 인물을 표현하는 것이다. 여러분 눈에 그것(**그 장면** 속 인물 말이다, 아무렴!)이 보이지 않는다면, 바로 그것이 본인 눈에는 **저 나름의** 이유로 인물이 잘 보인다고 생각하는 예술가가 여러분에게 보여줘야 하는 점이다. 성직자가 될 의향이 있던 젊은 남자가 자신에게 충분한 신심이 없다고 결론을 내린다면 그건 사건이다. 비록 남자가 재차 마음을 바꾸지 않을까 궁금한 나머지 서둘러 그 장(章)의 마지막 부분을 넘겨 볼 정도는 아니라 해도 말이다. 이런 예시들이 별나거나 놀라운 사건이라는 말이 아니다. 거기서 어느 정도의 재미가 생겨날지 어림잡아보는 척도 하지 않겠다. 재미의 정도는 어디까지나 그것들을 그려내는 사람의 실력에 달려 있으니 말이다. 어떤 사건이 다른 사건보다 본질적으로 중요하다는 말은 거의 철없다시피 한 주장처럼 들린다. 내가 소설에 관해 이해할 수 있는 유일한 분류는 삶을 그리는 소설과 아닌 소설의 구분뿐이라는 말로 주요 쟁점에 관한 찬반을 명확히 표현한 이상 이런 주장을 이런 문제의 대책인 양 받아들일 필요는 없을 것 같다.

소설과 로맨스, 사건 중심 소설과 인물 중심 소설, 이런 어설픈 분류는 내가 보기에 평론가와 독자가 자기들 편의대로 만들어낸 듯하다. 그래야 때때로 기묘한 곤경에 빠졌을 때 거기서 벗어나는 데 도움이 될 테니까. 하지만 창작자에게 이런 구분은 현실적이지도 흥미롭지도 않으며, 당연하게도 우리는 지금 창작자의 관점에서 소설이라는 예술을 고찰하려 하는 중이다. 보아하니 베전트 씨가 정립할 생각이 있는 듯한 또 다른 애매한 범주, 즉 '현대 영국 소설'의 경우도 사정은 같다. 그가 이 문제에서 뜻하지 않게 관점의 혼란을 일으킨 것이 아니라면 말이다. 베전트 씨가 그 얘기를 꺼낸 의도가 교훈적인지 역사적인지는 분명치 않다. 어떤 사람이 현대 영국 소설을 쓰려고 한다는 말은 그 사람이 고대 영국 소설을 쓰고 있다는 소리만큼이나 상상하기 어렵다. 소설을 쓰건 그림을 그리건 자기 언어로 자기 시대의 작품을 만드는 걸 가지고 그걸 세상에나, '현대 영국적'이라 부른다고 해서 작업이 더 쉬워질 리는 없다. 유감스럽게도 동료 예술가의 이런저런 작품을 가지고 로맨스라 일컫는 일 또한 이제 더는 없을 것이다. 블라이드데일을 소재로 한 이야기에 '로맨스'라는 제목을 붙인 호손의 경우처럼 그냥 재미로 하는 일이 아니라면 말이다.✤ 소설의 이론을 놀랄 만큼 완벽하게 발전시킨 프랑스인들은 소설에 딱 하나의 이름만을 붙였으며, 내가 아는 한 그 이름 안에 더 작은 것들을 집어넣으려 한 적도 없다. 나로서는 '로맨스 작가'라고 해서 소설가와 동등하게 짊어지지 않아도 되는 의무는 전혀 떠오르지 않는다. 집필의 기준은 어느 쪽이나 높다. 우리가 이야기하고 있는 건 당연하게도 실제 집필이다. 그것이야말로 소설에서 유일하게 논쟁이 열릴 수 있는 부분이다. 어쩌면 이 사실이 지나치게 자주 잊히는 바람에 끝없는 혼란과 동문서답이 생겨나고 마는지도 모른다. 주제, 발상, 소재는 예술

✤　너새니얼 호손(1804~1864)이 1852년에 출간한《블라이드데일 로맨스》를 가리킨다. '블라이드데일'은 작품에 등장하는 공상적 사회주의 공동체의 이름이다.

가에게 전적으로 맡겨야 한다. 우리의 비평은 그저 예술가가 그걸 가지고 만들어낸 작품에 적용될 뿐이다. 우리가 그 작품을 마음에 들어 하거나 흥미로워해야 한다는 소리는 당연히 아니다. 그렇지 않을 경우, 우리가 갈 길은 지극히 간단하다. 그냥 내버려두면 된다. 어떤 관념은 제아무리 진지한 소설가라도 전혀 이해하지 못하는 것 아닌가 싶을 때가 있고, 실제 결과물을 보면 그 우려가 옳았음이 증명되기도 한다. 하지만 그 실패는 집필의 실패일 것이며, 치명적 약점이 기록되는 데 역시 집필된 작품이다. 만약 우리가 예술가를 존중하는 척이라도 한다면, 우리는 설사 예술가의 선택이 열매를 맺지 못하리라는 어림짐작이 각 경우마다 수없이 이뤄진다 해도 그에게 선택의 자유를 허용해야 한다. 예술이 끌어내는 유익한 실천의 상당 부분은 그런 어림짐작에 맞서는 와중에 나오는 것이며, 예술이 해낼 수 있는 가장 흥미로운 실험은 평범한 것 속에 숨어 있다. 귀스타브 플로베르가 앵무새에 푹 빠진 어느 하녀에 관한 소설*을 쓴 적이 있는데, 정말 빼어나게 완성된 작품이지만 전체적으로 보면 성공작이라 할 수는 없다. 당연히 범상한 작품으로 봐도 무방하지만, 내 생각에는 어쩌면 흥미로운 작품이 되었을 수도 있다고 본다. 개인적으로는 그가 이 작품을 써냈다는 사실이 무척 기쁘다. 어떤 것이 가능한지, 또는 불가능한지에 대한 우리의 지식에 공헌하는 작품이기 때문이다. 이반 투르게네프는 청각 장애에 시각 장애가 있는 소작농과 그가 키우는 개에 대한 이야기**를 썼는데, 그 작품은 감동적이고 사랑스러운 작은 걸작이다. 투르게네프는 귀스타브 플로베르가 놓친 삶의 분위기를 잡아냈으며, 어림짐작에 달려들어 승리를 거두었다.

물론 그 어떤 것도 예술 작품을 '좋아'하거나 좋아하지 않는 옛 방식을 대체하지는 못할 것이다. 제아무리 비평이 발전한다 해도 그 근본적이고 궁극적인 시험을 완전히 제거하지는 못할 것이다. 이 말을 하는 까닭은 소설이나 그림에서 발상, 즉 주제가 중요하지 않다는 얘기를 하고 싶은 거냐는 비난을 차단하기 위해서다. 내가 보기에도 주제는 지극히 중요하고, 혹여 내가 소원이라도 빈다면 예술가들이 오직 가장 풍요로운 주제를 고를 수 있기

---

* 프랑스의 소설가 귀스타브 플로베르(1821~1880)의 단편 〈순박한 마음〉을 가리킨다.
** 러시아의 소설가 이반 투르게네프(1818~1883)의 단편 〈무무〉를 가리킨다.

를 간절히 바랄 것이다. 내가 이미 서둘러 인정했듯 어떤 주제는 다른 주제에 비해 훨씬 장사가 잘되고, 그런 주제를 다루려는 사람들이 혼란과 실수에서 면제되는 세상이 있다면 그건 참으로 만족스럽게 준비된 세상이리라. 그런데 이런 행운 가득한 상태는 비평가들이 착오에서 완전히 벗어나는 날에나 이뤄지지 않을까 싶다. 다른 한편으로, 재차 말하건대, 우리가 예술가를 정당하게 평가한다는 것은 그에게 다음과 같은 말을 한다는 뜻이다. "자, 시작 지점은 완전히 당신에게 맡기겠습니다. 안 그랬다가는 제가 당신에게 지시 같은 걸 해야 한다는 얘기가 되는데, 저는 그런 책임을 떠안을 생각이 없거든요. 제가 당신에게 해서는 안 되는 걸 말하는 시늉이라도 할라치면 당신은 제게 그럼 해야 하는 건 뭔지 알려달라고 할테고, 그렇게 되면 저는 완전히 낚이는 꼴이 되니까요. 게다가 당신이 주는 자료를 받고 나서야 제가 당신을 이리저리 재보기 시작할 수 있겠죠. 저도 기준이 되는 음조랄까, 그런 게 당연히 있어요. 그렇다고 당신이 사용하는 플루트를 멋대로 만진 다음에 당신 음악을 비판할 권리가 제게는 없잖아요. 물론 제가 당신의 발상이 전혀 마음에 안 들 수도 있어요. 유치하거나 진부하거나 애매하다고 생각할 수도 있고, 그렇게 되면 당신과 완전히 손을 끊을지도 몰라요. 당신이 흥미로운 존재가 되는 데 성공하지 못할 것이라 믿으면 그만이고, 그렇다고 제가 굳이 그걸 증명하려 들지는 않을 테니, 당신은 당신대로 저는 저대로 서로에게 무관심하게 살아갈 겁니다. 세상에 온갖 취향이 다 있다는 소리는 굳이 하지 않아도 되겠죠. 그 점이야 당신이 가장 잘 알지 않겠습니까? 어떤 사람들은 아주 응당한 이유로 목수가 나오는 소설을 좋아하지 않아요. 어떤 사람들은 훨씬 응당한 이유로 창부가 등장하는 소설을 읽지 않고요. 또 어떤 이들은 (제 생각에는 주로 편집자와 출판인들인데) 이탈리아 사람들이 나오면 쳐다도 안 봐요. 일부 독자들은 잔잔한 소재를 좋아하지 않죠. 또 어떤 독자들은 시끌벅적한 소재를 싫어하고요. 누군가는 눈앞에 있는 듯 생생히 묘사하는 이야기를 즐기고, 누군가는 소설임을 많이 감안하고 읽어야 하는 이야기를 좋아해요. 사람들은 자기 나름으로 소설을 고르고, 만약 사람들이 당신 발상에 관심이 없다면 당신 작품에는 **더더욱** 관심이 없을 겁니다."

그리하여 이 문제는 순식간에 좋거나 아니거나의 여부로 되돌아간다. 비록 겉보기보다 사고력이 그리 뛰어나지는 않은 에밀 졸라 씨는 취향의 절대성을 받아들이지 못해서 세상에는 사람들이 좋아해야만 하는 것들이 있고, 그것들을 사람들이 좋아하도록 만들 수 있다고 생각하겠지만 말이다. 나는 (어쨌거나 소설이라는 문제에서는) 사람들이 좋아하거나 싫어**해야만** 하는 게 무엇인지 도무지 상상이 안 간다. 뭘 좋아하고 싫어할지 선별하는 과정은 당연하게도 저절로 알아서 이루어질 것이다. 그 취사선택의 배후에는 늘 일관된 동기가 있기 때문이다. 그리고 그 동기는 단순하게도 경험이다. 사람들은 삶을 실감하면서 살아가므로, 삶과 가장 밀접하게 관련된 예술에 감응할 것이다. 이 관계의 밀접함이야말로 우리가 소설이 기울이는 노력을 이야기할 때 절대 잊지 말아야 하는 것이다. 많은 사람이 소설은 인위적으로 꾸며낸 형식이자 기발한 재주로 만들어낸 것이라고, 소설이 하는 일은 우리 주변의 것들을 바꾸고 배열해 관습적이고 전통적인 틀에 옮겨 담는 일이라고 말한다. 하지만 이런 관점은 우리를 거의 나아가지 못하게 하며, 예술을 몇몇 친숙한 상투적 문구의 영원한 반복으로 매도하고 예술의 발전을 가로막으며 결국 우리를 막다른 벽으로 곧장 이끌고 만다. 삶의 분위기와 속임수를, 삶의 낯설고 불규칙한 리듬을 포착하는 것, 그것이야말로 소설이 제 발로 있는 힘껏 버티기 위해 기울이는 노력이다. 소설이 제공하는 것 속에서 재가공되지 않은 삶을 보면 볼수록 우리는 진실에 가닿고 있다고 느낀다. 소설에서 재가공된 삶을 보면 볼수록 우리는 현실의 모사물, 절충적·관습적 요소 때문에 관심이 식어가는 걸 느낀다. 이 재가공이라는 문제에 관해, 마치 이것이 예술에서 결정적인 요소라도 된다는 듯 대단한 확신에 찬 발언을 듣는 경우가 드물지 않다. 내가 보기에 베전트 씨는 '취사선택'에 관한 다소 경솔한 발언 탓에 중대한 오류에 빠질 위험에 처한 게 아닌가 싶다. 예술이 본질적으로 취사선택이기는 해도, 그 선택은 전형적이고 포괄적이고자 하는 데 주된 관심을 쏟는다. 많은 이에게 예술이란 장밋빛이 감도는 유리창이고, 취사선택이란 그런디 부인*에게 꽃다발을 만들어주는 것이다. 그들은 예술적 고려는 불유쾌한 것, 추한 것과는 전혀 관계없다는 말을 번드르르하게 내뱉을 것이다. 그들은 예술의 범위와 예술의 한계에 관한 얄팍한 상식을 줄줄 늘어놓을 텐데, 나중에 가

* 영국의 극작가 토머스 모턴(1764~1838)이 1798년에 무대에 올린 희곡 《쟁기를 빨리 갈아라》에 나오는 관습을 중시하고 고상한 체하는 인물. 정작 무대에는 등장하지 않지만 인물들의 언급을 통해 끊임없이 영향을 미치는 검열관 역할을 한다.

면 되려 그 무지의 범위와 한계가 궁금해질 지경이다. 내 생각에 진지한 예술적 시도를 한 번이라도 해본 사람이라면 자유가 막대한 규모로 무슨 계시라도 되는 것처럼 불어나는 상황을 의식하지 않을 수 없을 것이다. 그럴 때면 천상에서 내려오는 한 줄기 빛과 더불어 예술의 범위란 인생 전체라는 것을, 느끼는 모든 것이고, 관찰하는 모든 것이며, 보이는 모든 것임을 인식한다. 베전트 씨가 올바로 암시했듯 경험 전체인 것이다. 예술이 삶의 슬픈 일면을 다루지 말아야 한다고 주장하는 사람들에게 해줄 대답은 이 정도면 충분하겠다. 그런 주장을 하는 사람들은 막대 끝에 조그맣게 달아둔 금지 문구, 이를테면 공원에 있는 "잔디에 들어가지 마시오", "꽃에 손대지 마시오", "개를 데리고 오지 마시오", "해가 진 뒤 출입을 금합니다", "우측으로 통행하시오"와 별반 다를 바 없는 문구들을 신성한 무의식의 흉중에 꽂아 넣고 산다. 우리가 계속 상상하고 있는, 소설을 쓰려 하는 젊은 작가 지망생은 안목 없이는 아무것도 하지 못할 것이다. 안목이 없다면 자유도 거의 소용이 없기 때문인데, 그가 안목을 갖춤으로써 누릴 첫 번째 이점은 그 작은 막대와 표지판의 불합리가 명명백백히 다가오리라는 사실이다. 그에게 안목이 있다면 당연히 독창성도 생길 거라는 말을 덧붙여야겠는데, 독창성이라는 자질에 대해 방금 좀 무례하게 언급한 듯하지만 소설에서 쓸모없다는 얘기는 아니다. 그래도 독창성은 부차적인 조력자일 뿐이다. 첫 번째로 필요한 것은 인상을 가감 없이 받아들이는 능력이다.

베전트 씨는 '스토리'라는 문제에 대해서도 몇 마디 하는데, 여기서 굳이 그에 대해 비판하지는 않겠지만 나로서는 그 말이 잘 이해가 가지 않는다. 아무래도 그 언급에 특이하게 애매한 점이 있어서 그런 것이 아닌가 싶다. 소설에 '스토리'인 부분이 있고, 모종의 불가사의한 이유로 인해 '스토리'가 아닌 부분이 있다는 식으로 이야기하는데 무슨 의미인지 나는 잘 모르겠다. 누구든 뭐라도 전달하고자 노력한다는 사실을 가정하기가 어렵다는 의미로 그런 구분을 해둔 게 아닌 이상은 말이다. '스토리'가 대표하는 게 있다면 그건 소설의 주제, 발상, 구성이다. 소설은 취급 방법이 전부이며 주제는 전혀 중요하지 않다고 주장하는 베전트 씨가 운운하는 '학파' 같은 건 당연히 없다. 뭐건 간에 취급해야 할 것이 있어야 한다는 사실은 뻔하지 않은가. 어떤 학파건 그 점은 마음 깊이 인식하고 있다. 스토리가 소설의 발상이자 출발점이라는 이런 생각이야말로 내가 보기에는 소설을 유기적 전체가 아닌 다른 무언가로 보는 유일한 생각인 듯하다. 작품이 성공적일수록 그 발상은 작품에 스며들듯 침투하고, 작품의 특성을 빚어내 생기를 불어넣으며, 그럼으로써 단어 하나하나, 구두점 하나하나가 표현에 직접적으로 공헌하므로, 스토리가 칼집에서 빼낸 칼과 다름없다는 생각은 작품의 성공에 비례해 사라지고 만다. 스토리와 소설, 발상과 형식은 실과 바늘 같은 관계다. 바늘 없이 실만 쓰라거나 실 없이 바늘만 사용하라고 권하는 재봉사 협회가 있다는 소리는 들어본 적도 없다. 인생에는 스토리가 될 만한 일과 그렇지 않은 일이 있다는 식으로 이야기하고 다니는 사람이 베전트 씨 혼자만은 아니다. 《폴 몰 가제트》❦에 실린 재미난 기사에서 이와 묘하게도 닮은 관점을 발견했는데, 아무래도 필자는 베전트 씨의 강연에 흠뻑 빠졌던 듯하다. 이 기사를 쓴 우아한 필자는 "스토리야말로 전부이다!"라고, 마치 다른 생각에는 반대한다는 듯 말한다. 그림을 '보낼' 시간이 저 멀리서 다가오는데 여전히 작품 주제

❦ 1865년 영국에서 창간된 석간신문. 1923년 《이브닝 스탠더드》에 합병되었다.

를 찾고 있는 화가에게는 분명 그럴 것이다. 테마를 확실히 정하지 못한 채 마감에 허덕이는 예술가들 역시 다들 기꺼이 이 주장에 동의하리라. 우리에게 말을 거는 주제와 그러지 않는 주제야 당연히 있지만, 만약 누군가 스토리가 있는 작품과 스토리가 없는 작품을 분리할 수 있는 규칙(금서 목록)을 정하는 일에 착수하겠노라 한다면 그는 무척 똑똑한 사람이겠다. 그런 규칙을 전혀 자의적이지 않게 정할 수 있다는 건 (적어도 내게는) 불가능한 일이니까.《폴 몰》의 필자는《상처 입은 마고》*라는 (내가 보기에는) 유쾌한 소설과 '보스턴의 젊은 여성들'이 '심리적인 이유로 영국 공작들을 거절하는' 것처럼 보이는 이야기** 를 대비하고 있다. 나는 방금 언급된 그 로맨스 작품을 잘 모르고, 그래서 작가 이름을 명기하지 않은《폴 몰》의 비평가를 용서하기 힘들지만, 제목으로 보건대 모종의 영웅적 모험을 하던 중 상처를 입은 숙녀에 관한 이야기인 듯하다. 이 이야기를 알지 못한다는 사실이 참으로 아쉬우

* 프랑스의 소설가 포르튀네 뒤 부아고베(1821~1891)가 1884년에 발표한 소설.
** 헨리 제임스의 단편 〈국제적 사건〉을 가리킨다.

나, 어째서 이 작품에는 스토리가 있고 영국 공작을 거절하는(또는 받아들이는) 작품에는 스토리가 없다는 건지, 상처가 아물고 남은 흉터는 주제가 된다면서 심리적이건 뭐건 어떤 이유는 주제가 안 된다는 까닭은 무엇인지 갈피가 안 잡힌다. 이것들 모두가 소설이 다루는 무수한 삶을 구성하는 입자일진대, 어떤 것에 손대는 건 적법하고 다른 것을 다루면 비합법적이라는 양 구는 교조적 관점은 단 한 순간도 제 발로 버틸 수 없다. 그것은 버티거나 넘어지거나 둘 중 하나일 수밖에 없는 특별한 상태이고, 이는 진실을 소유하는 것처럼 보이는지 결여한 듯 보이는지에 달려 있다. 스토리가 스토리이기 위해서는 반드시 '모험'으로 이루어져야 한다고 암시하는 정도로는 베전트 씨가 이 주제에 관해 특별한 통찰을 밝혀주지는 않는 듯싶다. 스토리가 모험이 아니라 녹색 안경으로 이루어지지 말아야 할 이유는 뭔가? 그가 '견딜 수 없는 것들'이라는 범주를 정해놓고 언급하는 것 중에는 '모험이 없는 소설'도 있다. 모험 대신에 결혼 생활이나 독신 생활, 출산, 콜레라, 물 치료법, 얀선주의●가 들어가지 못할 이유는 또 뭔가? 스토리가 모험으로 이루어져야 한다는 이런 주장은 내가 보기에 광범위하면서도 세심하게 삶과 교류하던,

원대하고 자유로운 위치에 있던 소설을 인위적이고 기발한 가공물이라는 불운한 역할로 되돌리는 짓이다. 그리고 이 문제와 관련해서 보자면 대관절 모험이란 무엇이며, 열성적인 학생들은 어떤 표식을 통해 그걸 알아보게 되는가? 내게는 이 짧은 글을 쓰는 것도 모험, 그것도 아주 큰 모험이다. 보스턴의 젊은 여성에게도 영국 공작을 거절하는 일은 모험이다. 보스턴의 젊은 여성에게 거절당한 젊은 공작만큼 마음이 뒤흔들리지는 않겠지만 말이다. 나는 그런 상황에서 드라마 속 드라마를, 셀 수 없이 많은 관점을 발견한다. 내 상상력으로는 심리학적 이유도 멋있는 시각적 대상이 된다. 그로 인해 드러나는 안색의 미묘한 색조를 포착해보겠다는 생각, 내게는 그런 생각이 티치아노풍의 화려한 그림을 한 번 제대로 그려보겠다는 의욕을 불러일으킬 수 있는 것처럼 느껴진다. 간단히 말해 내게는 심리적 이유보다 흥미진진한 게 별로 없고, 단언컨대 그럼에도 소설은 가장 장대한 예술 형식이다. 최근 나는 로버트 루이스 스티븐슨의 유쾌한 소설 《보물섬》을

● 네덜란드의 신학자 코르넬리스 얀선(1585~1638)이 주창한 원리적이고 극단적 구원론.

읽었고, 그와 동시에 에드몽 드 공쿠르❖가 마지막으로 남긴 소설 《연인》을 약간 띄엄띄엄 읽었다. 이 중 하나는 살인, 수수께끼 같은 사건, 무시무시하기로 유명한 섬, 간발의 탈출, 기적적인 우연과 땅에 묻힌 금화를 다루는 작품이다. 다른 하나는 파리의 좋은 집에서 살던 어린 프랑스 여성이 아무도 자기와 결혼하지 않는 바람에 마음의 상처로 죽는다는 내용이다. 내가 《보물섬》을 유쾌한 작품이라고 한 까닭은 그 소설이 자기가 의도한 바를 훌륭히 해내는 데 성공한 것 같아서다. 《연인》에는 아무런 미사여구도 붙일 수 없겠는데, 내가 보기에는 그 작품이 자기가 의도한 것, 즉 한 아이의 도덕의식이 성장하는 과정을 따라가는 데 비참하게 실패한 듯 보이기 때문이다. 그렇지만 이 두 작품 모두 내 생각에는 똑같이 소설이며, 둘 다 '스토리'를 가지고 있다. 아이의 도덕의식은 카리브해 연안 지방의 섬들과 마찬가지로 삶의 일부이며, 어느 쪽의 지리이건 베전트 씨가 말하는 '놀라운 사건'을 가지고 있다고 생각한다. 나로서는 (이미 말한 바 있듯 이는 최종적으로는 개개인의 선호라는 문제로 되돌아가니까) 아이의 경험을 묘사

❖ 프랑스의 소설가 에드몽 드 공쿠르(1822~1896).

한 작품의 장점이 있다면 예술가가 일련의 단계마다 내 앞에 내놓는 것을 보며 (이는 베전트 씨를 지지하는《폴 몰》의 비평가가 '관능적 쾌락'이라 일컬은 것에 근접하는 엄청난 호사인데) '그렇다' 또는 '아니다'라고 말할 수 있다는 사실이다. 나 또한 아이였던 적이 있지만 땅에 묻힌 보물을 찾아나선 일은 그저 상상 속에서만 해봤을 따름이고, 드 공쿠르 씨의 소설 대부분에서 '아니야'라고 말할 수밖에 없었던 건 그저 우연일 뿐이다. 반면 조지 엘리엇이 완전히 다른 지성을 동원해 아이의 경험이라는 영역을 그려냈을 때는 매번 '맞아'라고 말했다.

베전트 씨의 강연에서 가장 흥미로운 대목은 안타깝게도 가장 짧은 부분으로, 거기서 그는 소설의 '의식적인 도덕적 목적'을 정말 건성으로 얘기하고 지나간다. 이 대목에서 그가 사실을 기록하는지 원칙을 세워두고 있는지는 재차 불분명하다. 만약 후자라면 그가 자기 생각을 발전시키지 않았다는 점이 무척 애석하다. 소설이라는 주제에서 이쪽 이야기는 정말 중요하기 그지없는데, 베전트 씨가 몇 마디 대충 하고 넘어가는 이 이야기에는 가볍게 짚고 끝내서는 안 될 광범위한 고려 사항이 담겨 있다. 이 고려 사항에서 이어질 논의를 샅샅이 따라갈 준비가 되어 있지 않다면 소설이라는 예술도 피상적으로 다루고 말 것이다. 그게 내가 이 글을 시작할 때 독자 제위에게 소설이라는 참으로 거대한 주제에 대한 나의 고찰이 철저하지는 못하리라고 조심스럽게 운을 띄웠던 이유다. 베전트 씨와 마찬가지로 나 역시 소설의 도덕이라는 문제를 맨 뒤로 미뤄두었는데, 막상 여기까지 오니 남은 지면이 없다. 이 문제는 난관으로 둘러싸여 있다. 명료한 질문이라는 형태로 문간에서 맨 처음 우리를 맞이하는 것만 봐도 그렇다. 이런 논의에서 모호함은 치명적인데, 도덕이란 무엇이고 의식적인 도덕적 목적이란 건 대관절 무엇인가? 용어 정의를 하고 난 다음 어떻게 그림이 (소설도 그림이므로) 도덕적이거나 비도덕적일 수 있는지 설명해야 하지 않을까? 도덕적인 그림이나 도덕적인 조각상을 만들고 싶다면 어떻게 그 일에 착수하면 되는지 우리에게 설명해줘야 하지 않을까? 우리는 지금 소설이라는 예술을 논하는 중이고, 예술이라는 문제는 (정말 넓은 의미에서) 실천의 문제다. 도덕은 이와는 별개의 문제인데, 이걸 어떻게 그렇게 쉽게 섞을 수 있는지 우리를 납득시켜야 하지 않을까? 이런 문제들이 베전트 씨에게는 워낙 명명백백한 모양인지, 그는 여기서 자기가 보기에 영국 소설에 구현되어 있다고 생각하는 법칙을 끌어내는데, 그 법칙은 "진정으로 감탄할 만하며 큰 축하를 보낼 이유가 충분한 것"이다. 그 법칙 덕에 가시투성이 문제들이 비단처럼 매끄러워진다면야 큰 축하를 보낼 이유로는 실로 충분하겠다. 다만 조심스레 덧붙이고 싶은데, 베전트 씨가 영국 소설이 정말로 이런 섬세한 문제들을 전심전력으로 다루어왔다고 인식하는 한, 많은 사람에게 그는 헛된 발견을 한 이로 비칠 것이다. 외려 사람들은 일반적인 영국 소설가가 도덕적으로 소심하기 짝이 없다는 사실에, 다시 말해 그가(또는 그녀가) 현실을 다룰 때 사방에서 튀어나오는 온갖 난관을 직면하길 꺼려왔다는 사실에 몹시 놀랄 것이다. 영국 소설가는 극도로 몸을 사리며(반면 베전트 씨의 묘사에서는 대담하기 짝이 없는 모습으로 그려진다), 그의 작품에서 보통 드러나는 면모는 특정 주제에 대한 조심스러운 침묵이다. 영국 소설(당연히 나는 미국 소설도 여기에 포함하고 있다)에서는 전통적으로 사람들이 아는 것과 사람들이 안다고 인정하기로 합의한 것 사이의 차이가, 사람들이 보는 것과 실제로 말하는 것 사이의 차이가, 사람들이 삶의 일부라고 느끼는 것과 문학에 들어가도 괜찮다고 허용하는 것 사이의 차이가 다른 어느

나라의 소설보다도 크다. 간단히 말해 실제 대화에서 오가는 말과 인쇄 매체에 실린 말 사이의 차이가 정말 크다. 도덕적 힘의 본질이란 전체 판을 조망하는 것이므로, 나는 베전트 씨의 발언을 완전히 뒤집어서 다음과 같이 말해야겠다. 영국 소설에 있는 건 목적의식이 아니라 소심함이라고 말이다. 예술 작품의 목적의식이 얼마나 큰 타락의 원천인지는 여기서 굳이 따지지 않겠다. 내가 보기에는 완벽한 작품을 만들겠다는 목적의식이 그나마 가장 덜 위험하지 않은가 싶다. 우리가 쓰는 소설과 관련해 이 점에 대해 마지막으로 하고 싶은 말은 오늘날 영국에서는 소설이 '젊은 사람들'에게 상당히 많이 다가서는 듯 보이고, 바로 이런 상황으로 인해 소설이 다소 몸을 사려야 하지 않겠냐는 전제가 생겨나는 듯하다. 젊은 사람들 앞에서는 논의는커녕 아예 입에도 올리지 말자고 일반적으로 합의된 특정한 주제들이 있으니 말이다. 그거야 좋지만, 토론의 부재가 열렬한 도덕심의 징후는 아니다. 따라서 영국 소설의 목적의식("진정으로 감탄할 만하며 큰 축하를 보낼 이유가 충분한 것")은 내게는 다소 부정적인 인상으로 다가온다.

도덕의 감각과 예술의 감각이 아주 가까이 붙을 수 있

는 유일한 지점은, 예술 작품의 가장 내밀한 특성은 언제나 창작자가 가진 정신의 특성이라는 명명백백한 진실의 관점에서 바라볼 때 드러난다. 창작자의 지성이 뛰어나면 뛰어날수록 소설도, 그림도, 조각도 아름다움과 진실의 본질을 더욱더 취하게 될 것이다. 내가 보기에 그런 요소들로 작품이 구성되어 있다는 건 충분한 목적의식이 있다는 뜻이다. 피상적인 정신에서는 절대 훌륭한 소설이 나올 수 없다. 이런 말은 내가 보기에는 격언이나 다름없고, 소설에 종사하는 예술가에게 이 정도 격언이면 필요한 도덕적 영역은 모두 확보하는 셈이다. 젊은 작가 지망생이 이 격언을 가슴 깊이 새긴다면 '목적의식'이라는 수수께끼의 상당수가 해명되리라. 그에게 해줄 유용한 조언이 더 많지만, 이 글도 거의 끝나가므로 그냥 몇 마디 간단히 하고자 한다. 위에서 언급했던 《폴 몰》의 비평가는 소설이라는 예술에 대해 말하면서 일반화의 위험을 지적한다. 내 생각에 그가 염두에 두는 위험은 오히려 개별화의 위험이 아닌가 싶다. 베전트 씨의 시사적인 강연에 담겨 있는 내용 외에도, 천진난만한 학생에게 혹여 오해를 불러일으키면 어쩌나 싶은 우려 없이 전달할 수 있는 포괄적인 발언이 몇 가지 있기 때문이다. 나는 그 학생에게 소설이라는 형식이 정말로 굉장하다는 점을 가장 먼저 전하고자 한다. 그의 앞에 열려 있는 이 형식이 그에게 보란 듯 제공하는 것은 참으로 적은 제약과 무궁무진한 기회다. 이에 비해 다른 예술은 제한도 많고 훼방도 많은 듯 보인다. 창작이 이루어지는 조건이 무척 엄격하고 확고하기 때문이다. 하지만 소설 창작에 따라오는 조건으로 내 머릿속에 떠오르는 단 한 가지는, 이미 말했듯 진지한 태도다. 이 자유는 찬란한 특권이며, 젊은 소설가가 배워야 할 첫 번째 교훈은 그에 값하는 작품을 만들어야 한다는 것이다. 끝으로 나는 그에게 다음과 같이 말하고자 한다. "자유는 누릴 만한 가치가 있으니 마음껏 누리십시오. 자유를 손에 넣어 갈 수 있는 끝까지 탐구하고 공표하고 그 안에서 기뻐하십시오. 당신을 자유의 언저리에 밀어 넣은 뒤 여기와 저기서만 예술이 살아갈 수 있다고 말하는 사람들, 또는 이 천상의 전령은 날개를 펴고 삶의 바깥으로 날아가 극상의 공기를 마시며 세속의 진실을 외면하는 법이라고 여러분을 설득하려 들 사람들에게 귀를 기울이지 마십시오. 삶에서 받는 어떤 인상이든, 삶에서 보고 느끼는 무엇이든, 소설가의 계획에 판이 되지 못할 것은 없습니다. 그저 알렉상드르 뒤마와 제인 오스틴과 찰스 디킨스와 귀스타브 플로베르처럼 비슷한 점 하나 없는 재능을 지닌 사람들이 이 분야에서 동등한 영광을 누렸다는 사실만 기억하십시오. 낙관주의니 비관주의니 지나치게 따지지 말고, 삶 자체의 색깔을 포착하려 노력하십시오. 요즘 프랑스에서는 아주 비범한 노력(에밀 졸라가 기울이는 노력이죠. 소설의 역량을 탐구하는 사람이라면 존경 없이는 언급할 수 없는 탄탄하고 진지한 작품을 씁니다)이 눈에 띄는데, 그 비상한 노력이 협소한 기반을 둔 비관주의적 정신 때문에 손상되는 모습도 보지 않습니까. 졸라 씨는 정말 대단한 작가지만, 영국 독자는 그가 뭘 잘 모르는 사람이라고 생각합니다. 그저 어두컴컴한 곳에서 작업한다는 분위기나 풍기지요. 그에게 그 기운만큼이나 밝은 빛도 있었다면 그가 내놓는 작품도 최고로 가치 있는 작품이 되었을 겁니다. 협소한 낙관주의라는 탈선행위에 관해서라면, 이 바닥(특히나 영국 소설이라는 바닥)에는 깨진 유리 조각만큼이나 날카로운 입자들이 가득하지요. 굳이 반드시 결론이란 걸 내야겠다면 그 결론에서 넓은 식견이 느껴지도록 하십시오. 당신의 첫 번째 임무는 가능한 한 완전해야 한다는 것, 가능한 한 완벽한 작품을 만들어야 한다는 것임을 기억하십시오. 관대하면서도 섬세하게 작업하면서 그 영광스러운 목표를 추구하시길."

변변찮은 항변

A Humble Remonstrance

로버트 루이스 스티븐슨

Robert Louis Stevenson

　로버트 루이스 스티븐슨은《보물섬》(1883)과《지킬 박사와 하이드 씨의 기이한 사건》(1886)이라는 걸작을 남겼으며, 두 작품은 오늘날 모험소설과 공포소설의 전범으로 평가받는다. 특히 한 인간에 깃들어 있는 선과 악이라는 문제를 탐구하는《지킬 박사와 하이드 씨의 기이한 사건》은 영국 빅토리아 시대의 무의식을 관통했던 작품인 동시에 지금도 다양한 관점으로 해석이 가능한 현대적인 텍스트다.

　〈변변찮은 항변〉은 1884년 12월《롱맨스 매거진》에 처음 발표되었으며, 이후 1887년에 출간된 스티븐슨의 에세이 선집《기억과 초상》에 다시 수록되었다. 여기까지 읽고 이런 설명을 어디서 본 듯한 느낌이 든다면 앞으로 돌아가 헨리 제임스의 〈소설이라는 예술〉을 다시 펼쳐 보면 된다. 제임스가 베전트의 주장을 반박하기 위해 〈소설이라는 예술〉을 썼듯, 스티븐슨은 제임스의 주장을 반박하기 위해 〈변변찮은 항변〉을 썼다. 소설이 삶을 재현해야 한다는 제임스의 입장에 맞서, 스티븐슨은 소설이 '삶과 겨룰' 수 없으며 소설은 삶의 일부를 단순화해 표현하는 예술이라는 관점을 견지한다. 언뜻 보면 '순수문학'과 '대중문학'의 대립처럼 보이는 이 견해 차이는, 한 걸음 더 들어가면 예술과 삶이 맺고 있는 관계에 대한 근본적인 물음을 던진다.

1

　우리는 최근* 무척 독특한 즐거움을 누린 바 있다. 월터 베전트 씨와 헨리 제임스 씨에게서 그들이 종사하는 예술 분야에 대한 의견을 제법 상세히 경청한 것이다. 두 사람은 확실히 크게 다른 기질을 지니고 있다. 제임스 씨는 논의의 윤곽을 정확히 그려내고, 교묘한 논리를 구사하며, 빈틈없이 마무리 짓는다. 베전트 씨는 참으로 유쾌하고 친근하며, 설득력과 유머를 종횡무진으로 펼쳐낸다. 제임스 씨가 심사숙고하는 예술가의 전형이라면 베전트 씨는 선량함의 화신이라 하겠다. 이러한 두 선생의 의

* 　1884년(원주).

견이 다를 수밖에 없다는 사실은 전혀 놀랍지 않지만, 그들이 한 가지 부분에서 의견을 같이하는 듯 보인다는 점은 솔직히 내게는 무척 놀랍다. 두 사람 모두 '소설의 기술'에 대해 이야기하는 데 만족한다는 점이 그것이다. 거기다 베전트 씨는 점점 더 엄청나게 대담해져서 이 '소설의 기술'을 '시의 기술'과 대립시키는 데까지 나아간다. 베전트 씨가 '시의 기술'이라 할 때 이것이 뜻하는 바는 단지 손재주 같은 기술일 뿐이며, 그저 산문의 기술과 비교할 수 있을 뿐이다. 우리가 '시'라 이름 짓자고 동의한, 뜨겁고 고양된 그 분별 있는 정서는 변덕스럽고 불안정한 속성일 뿐이다. 그것은 어떤 예술에건 가끔 나타나며, 그보다 훨씬 자주 모든 예술에 부재한다. 산문 소설에서는 좀체 드물게 나타나고, 송시와 서사시에서는 참으로 자주 부재한다. 허구도 마찬가지다. 허구는 실체를 가진 예술이 아니라 건축을 제외한 모든 예술에 전반적으로 스며들어 있는 것이다. 호메로스, 워즈워스, 페이디아스,♣ 호가스, 살비니♣♣까지 모두가 허구를 다룬다. 하지만 이들 중 호가스와 살비니만 언급하자면, 이 두 사람 중 누구도 베

♣ 고대 그리스의 조각가 페이디아스.

전트 씨의 흥미로운 강연이나 제임스 씨의 매력적인 에세이가 다루는 범위에 조금이라도 포함되었으리라고는 생각하지 않는다. 그렇다면 '소설의 기술'이라는 건 정의로 간주하기에는 지나치게 포괄적인 동시에 지나치게 빈약하다. 다른 식으로 의견을 내보고 싶다. 나는 제임스 씨와 베전트 씨 양쪽 모두가 염두에 두었던 것이 다름 아닌 '서사의 기술'은 아니었는지 제안하고자 한다.

하지만 베전트 씨는 오로지 '현대 영국 소설', 즉 머디❋❋❋ 씨의 활동 분야이자 생계 수단에 관해서만 이야기하려고 몸이 달아 있다. 그 '현대 영국 소설'의 목록에서 가장 유쾌한 작품인《각양각색의 사람들》❋❋❋❋을 쓴 작가로서 그런 욕구는 지극히 자연스럽다고 하겠다. 그러니 나는 이쯤에서 그가 두 가지 추가 사항을 서둘러 제안해 '서사의 기술'을 다음과 같이 읽으리라고 본다. '산문으로 쓴 허구적 서사의 기술'이라고.

❋❋ 이탈리아의 배우 토마소 살비니(1829~1915). 셰익스피어의 오셀로 역을 연기했다.

❋❋❋ 영국의 출판업자이자 도서관 사업가 찰스 머디(1818~1890). 구독료를 내고 책을 빌릴 수 있는 도서관을 설립했다.

❋❋❋❋ 베전트가 1882년에 발표한 장편소설.

'현대 영국 소설'이 존재한다는 사실이야 부인할 수 없다. 물질적으로도 세 권의 책과 납으로 주조한 활자, 금박을 입힌 제목으로 존재하다보니 다른 형식의 문학과 구분하기도 쉽다. 하지만 예술 분야에 관해 알찬 대화를 나누기 위해서는 제본 방식보다 훨씬 더 근본적인 정의를 확립할 필요가 있다. 그렇다면 얘기해보자. 왜 '산문으로'라는 말을 추가해야 하나? 내가 보기에 《오디세이아》는 최고의 로맨스이며, 《호수의 여인》*은 그다음 위치에 세울 만하다. 초서의 이야기와 프롤로그에는 머디 씨의 보고 전체보다도 현대 영국 소설의 주제와 기법이 많이 들어 있다. 서사가 무운시**로 쓰이건 '스펜서 연'***으로 쓰이건, 초서의 화려한 만연체로 쓰이건 찰스 리드의 간결한 어구로 쓰이건 서사 예술의 원칙은 동등하게 준수되어야 한다. 산문에서 미려하고 웅장한 문체를 선택하면, 비록 같은 정도는 아닐지라도, 운율을 맞춘 운문을 선택하

   ❋ 스코틀랜드의 시인이자 소설가 월터 스콧(1771~1832)이 1810년에 출판한 서사시.

  ❋ ❋ 각운을 사용하지 않은 시.

❋ ❋ ❋ 영국의 시인 에드먼드 스펜서(1552?~1599)가 서사시 《요정 여왕》에 사용한 운문 형식.

는 것만큼이나 서사의 문제에 영향을 끼친다. 양쪽 모두 사건들의 더욱 긴밀한 조합, 더욱 수준 높은 대화체, 더욱 세심히 정선되어 품위 있는 긴장감을 부여하는 단어를 수반하기 때문이다. 만약 《동 쥐앙》을 서사가 아니라며 거부한다면 《자노니》[*]나 (가치가 무척 다른 작품을 묶어 말하는 것이긴 하지만) 《주홍 글자》는 왜 포함하는지 이해하기 어렵다. 또한 무슨 기준으로 《천로 역정》에는 문을 열어주고 《요정 여왕》 앞에서는 닫는가? 쉬운 이해를 위해 여기서 베전트 씨에게 수수께끼를 하나 낼까 한다. 존 밀턴이 영어 운문으로 쓴 《실낙원》이라는 서사 작품이 있다. 이때 이 작품은 무엇일까? 그다음에 이 작품을 샤토브리앙이 프랑스어 산문으로 번역했다. 그렇다면 이때 이 작품은 무엇일까? 마지막으로 조지 길필런[**]의 동료(이자나의 동료)인 한 의욕 넘치는 작가가 이 프랑스어 번역본 전체를 영어 소설로 바꿨다. 그렇다면 명확성을 기하기 위해 묻건대, 이때 이 작품은 무엇일까?

[*] 영국의 정치인이자 작가 에드워드 불워리턴(1803~1873)이 1842년에 발표한 소설.

[**] 스코틀랜드의 시인 조지 길필런(1813~1878).

그러나 다시 한번, 왜 '허구적'이라는 말을 덧붙이는가? 그 이유는 분명하다. 그렇지 않은 이유가 더욱 심오할지는 몰라도 설득력은 부족하다. 사실 서사 기법은 실제 벌어진 일련의 사건을 취사선택해 묘사하건 가상의 사건을 선정하고 묘사하건 같은 방식으로 적용된다. 보즈웰의 (교묘하고 모방 불가능한 예술 작품인) 《새뮤얼 존슨의 생애》가 성공을 거둘 수 있던 것은 (이를테면) 《톰 존스》와 동일한 기술적 장치 덕택이다. 즉 특정 등장인물을 명확히 구상하고, 수많은 사건 중 특정 사건을 선별해 제시하며, 대화에서 특정한 어조를 창안(그렇다, 창안이다)하고 유지하는 기술들 말이다. 이 작품 중 어떤 것이 훨씬 예술적으로 완성되었는지, 어떤 작품이 훨씬 자연스러운 기운을 풍기는지는 독자들이 각자 판단할 일이다. 보즈웰의 작품은 실로 특별한 경우이며, 거의 포괄적인 전형에 가깝다. 하지만 이는 보즈웰의 작품에만 나타나는 것이 아니다. 소설가는 인생의 소금이 뿌려져 있는 모든 전기 작품에서, 사상보다는 사건과 인물이 더 많이 등장하는 모든 역사서 (타키투스, 칼라일, 미슐레, 매콜리 등의 책)에서 자신의 수법 상당수가 정말 두드러진 방식으로 교묘하게 다루어진다는 점을 깨달을 것이다. 이에 더해 소설가는 다음과 같은 사실 또한 알아차릴 것이다. 자유로운 자, 즉 빠진 사건을 꾸며내거나 훔쳐 올 권리가 있고, 아예 통째로 누락한다는 더 귀중한 권리 또한 가지고 있는 소설가가 정작 걸핏하면 패배한다는, 다시 말해 모든 이점을 누리고 있음에도 현실성과 열정이라는 면에서 실제 사건보다 덜 강렬한 인상을 남긴다는 사실 말이다. 제임스 씨는 소설가에게 진실이 얼마나 신성한지 진심으로 열변을 토한다. 그러나 더 세심하게 검토해보면 '진실'은 소설가의 작업뿐 아니라 역사가의 작업에서도 적절성에 관한 논쟁을 크게 불러일으킬 수 있는 단어인 듯하다. 제임스 씨의 대담한 표현을 빌리자면 어떤 예술도 '삶과 겨룰' 수 없다. 그렇게 하고자 시도하는 예술은 외딴 산속에서 홀로 소멸할 운명에 처한다. 삶은 우리 앞에 무한히 복잡한 모습으로 펼쳐지며, 실로 놀랍고 변화무쌍한 현상들을 동반한다. 삶은 눈에, 귀에, 경이로움의 본거지인 정신에, 전율할 만큼 섬세한 촉각에, 굶주릴 때면 실로 절박해지는 위장에 이르기까지 동시에 호소한다. 삶은 제 모습을 드러낼 때 한 가지가 아니라 모든 예술의 방법과 재료를 조합하고 동원한다. 음악은 삶의 장엄한 화음 중 몇 개를 임의로 가지고 노는 장난에 불과하다. 그림은 빛과 색채가 빚어내는 삶의 장관에 대한 그림자에 불과하다. 문학은 삶에 풍요롭게 넘쳐나는 사건, 도덕적 의무, 미덕, 악덕, 행동, 환희, 번민을 무미건조하게 가리킬 뿐이다. 삶, 우리가 감히 올려다볼 수 없는 태양을 품고 있으며 그 열정과 질병으로 우리를 소모하게 해 죽음에 이르게 하는 그 '삶과 겨룬'다는 것은 와인의 풍미와, 새벽의 아름다움과, 불의 타오름과, 죽음과 이별의 비통함과 겨룬다는 것과 마찬가지니, 이는 실로 천국의 계단을 오르겠노라는 계획과 다를 바 없으며, 또한 열정을 묘사하기 위해 펜과 사전으로 무장하고 견딜 수 없이 눈부신 태양을 그려내기 위해 고급 연백 안료로 무장한 연미복 입은 헤라클레스의 과업이라 하겠다. 이런 의미로 보자면 어떤 예술도 진실하지 않다. 어떤 예술도 '삶과 겨룰' 수 없는 것이다. 심지어 반박할 수 없는 사실로 구성된 역사조차 그렇다. 이 사실들이 역사로 구성되는 동안 본래의 생생함과 쓰라림을 박탈당했기 때문이다. 그래서 우리가 도시의 점령과 약탈 또는 제국의 몰락이 나오는 부분을 읽을 때 맥박이 빨라지면 우리는 놀라워하며 응당 저자의 재능을 칭찬하는 것이다. 마지막 차이로서 주목해야 할 점은 이렇게 맥박이 빨라지는 것은 거의 대부분 순수하게 즐길 수 있는 경험이며, 이렇게 환영처럼 되살린 경험은 제아무리 살벌하다 한들 명확한 즐거움을 전달한다는 사실이다. 반면 삶이라는 전쟁터에서 겪는 실제 경험은 우리를 고통스럽게 할 수도, 죽일 수도 있다.

그렇다면 예술의 목적은, 방법은 무엇이며, 예술이 지닌 힘의 근원은 무엇인가? 그 비밀은 어떤 예술도 '삶과 겨루지' 않는다는 데 있고, 그것이 전부다. 사유할 때건 창조할 때건, 인간이 사용하는 방법은 눈부시고 혼란스러운 현실 앞에서 눈을 반만 뜨는 것이다. 예술은 산술이나 기하학과 마찬가지로 우리 발아래 있는 거칠고 다채롭고 움직이는 자연에서 눈을 돌리고, 대신 모종의 꾸며낸 추상에 시선을 둔다. 기하학은 우리에게 원에 대해 알려주지만, 그런 원은 자연에 없다. 녹색 원이나 철로 된 원에 대해 질문하면 기하학은 제 입을 손으로 가린다. 이는 예술도 마찬가지다. 회화는 연백 안료와 햇살을 비참한 심정으로 비교하다가, 음영과 움직임을 진작 포기해버렸듯 색채의 진실 또한 포기하며, 자연과 겨루는 대신 조화로운 색조의 체계를 정리하는 쪽을 택한다. 문학은 가장 전형적인 어법인 서사적 어법에서 그림과 비슷하게 직접적인 도전을 회피하고, 그 대신 독립적이고도 창조적인 목표를 추구한다. 문학이 모방할 때 모방의 대상은 삶이 아닌 '말(speech)'이다. 즉 인간의 운명에 관한 객관적 사실이 아니라 인간 배우가 사람들에게 운명을 들려줄 때 구사하는 강조와 생략을 모방한다. 삶을 직접적으로 다루던 진짜 예술은 원시적인 모닥불에 둘러앉아 자기 이야기를 들려주던 최초의 인간들 것이었다. 우리의 예술은 이야기를 진실하게 만들기보다는 전형적으로 만드는 데, 다시 말해 사실들 각각의 특징을 포착하기보다는 그 사실들을 정렬해 하나의 공통된 목적을 향해 배열하는 데 몰두했으며 앞으로도 분명 그럴 것이다. 예술은 삶이 제시하는, 참으로 강력하나 지극히 분절되어 혼란스럽게 소용돌이치는 인상들 대신 인위적으로 가공한 일련의 인상들을 내놓는다. 이 인상들은 하나같이 실로 미약하게 표현되나, 모두가 동일한 효과를 목표로 하고 동일한 사상을 웅변하며, 마치 음악에서의 조화로운 선율이나 뛰어난 그림에서의 단계적으로 변화하는 색조처럼 함께 어우러져 울린다. 잘 쓰인 소설에서는 모든 장과 모든 페이지와 모든 구절에서 단 하나의 창의적이고 지배적인 사상이 거듭 메아리를 친다. 모든 사건과 인물은 이 사상에 기여해야 하며 문체 또한 여기에 조화롭게 맞춰져야 한다. 어느 대목에서건 단어 하나라도 다른 방향으로 고개를 돌리면 그 책은 그 단어가 없어야 강력하고 분명하며 (내 입에서 이 말이 하마터면 나올 뻔했는데) 풍성해질 것이다. 삶은 기괴하고, 무한하며, 비논리적이고, 느닷없는 데다 통렬하다. 이에 비하면 예술 작품은 깔끔하고, 유한하며, 자족적이고, 이성적이며, 유려하면서도 거세된 듯 유약하다. 삶은 한데 뭉친 천둥처럼 난폭한 힘으로 내리누른다. 반면 예술은 경험이 내는 시끌벅적한 소음을 뚫고 들리는, 신중한 음악가가 인위적으로 만들어낸 선율처럼 귀를 사로잡는다. 기하학의 명제는 삶과 겨루지 않는다. 이 기하학의 명제는 예술과 나란히 놓을 수 있는 타당하고 명료한 비교 대상이다. 둘 다 합리적이고, 투박한 사실과는 부합하지 않는다. 둘 다 자연에 내재해 있으나 둘 중 무엇도 자연을 그려내지 않는다. 예술 작품인 소설은 삶과 유사하다는 이유로 존재하는 게 아니다. 삶과의 유사성은 구두를 가죽으로 만들 수밖에 없듯 어쩔 수 없이 소재를 취하다보니 생겨나는 것이다. 소설은 삶과의 헤아릴 수 없는 차이로 존재하는데, 이 차이는 의도한 것이자 무척이나 중요한 것이며, 작품의 기법이자 작품의 의미 그 자체다.

인간의 삶은 소설의 주제가 아니라 주제를 무궁무진하

게 골라낼 수 있는 저장고다. 이 주제의 명칭은 군단처럼 무수히 많고, 진정한 예술가라면(이 부분에서도 나는 제임스 씨와 하늘과 땅 사이의 거리만큼 의견 차이를 보일 수밖에 없는데) 새로운 주제를 다룰 때마다 각각 다른 기법을 동원하고 공략 지점을 변경할 것이다. 어떤 경우에는 탁월했던 것이 다른 경우에는 결함이 되고, 어떤 책에서는 성공의 원인이었던 요소가 다음 책에서는 부적절하거나 따분한 것이 될 수 있다. 우선 각 소설이 독립적으로 존재하고 나서야 각 소설의 유형 역시 독립적으로 존재할 수 있다. 이를테면 꽤 또렷한 특징을 지닌 세 가지 주요 유형을 들 수 있다. 첫째로 모험소설은 인간에게 있는 관능적이다 싶을 정도의 엄청난 비논리적 성향에 호소한다. 둘째로 인물 중심의 소설은 인간의 결점과 변덕스럽고 복잡한 동기에 대한 우리의 지적인 이해에 호소한다. 셋째로 극적 소설은 진지한 연극과 동일한 소재를 다루며 우리의 감정적 본성과 도덕적 판단에 호소한다.

먼저 모험소설부터 얘기하자면, 제임스 씨는 숨겨진 보물을 찾는 원정을 다룬 작은 책*에 대해 유난히도 관대

---

* 스티븐슨의 《보물섬》을 가리킨다.

한 찬사를 보내지만, 그 와중에 다소 놀라운 말을 던진다. 이 책에서 제임스 씨는 작가와 논쟁을 벌일 수 있는 '엄청난 호사'를 누리지 못한다며 아쉬워한다. 우리 대부분에게 호사란 판단을 잠시 제쳐두고 큰 파도에 휩쓸리듯 이야기에 푹 잠겼다가 작품이 끝나 책을 옆에 놓아둔 뒤 정신을 차려 내용도 따져보고 흠도 잡아보는 것인데 말이다. 제임스 씨가 내놓은 이유는 더욱 주목할 만하다. 그의 말에 따르면 자신은 이 책의 작가를 비평할 수 없는데, 다른 작가와 나를 비교하며 그 이유를 다음과 같이 말한다. "나 또한 아이였던 적이 있지만 땅에 묻힌 보물을 찾아 나선 일은 그저 상상 속에서만 해봤을 따름"이기 때문이라고. 이 대목에는 실로 고의적인 역설이 담겨 있다. 만약 제임스 씨가 땅에 묻힌 보물을 찾아 나선 적이 없다면, 그건 그가 아이였던 적이 없다는 사실을 증명하는 셈이기 때문이다. (제임스 선생이야 그런 적이 없다 쳐도) 금을 찾아다니고, 해적이나 군대의 사령관이나 산적이 되어본 적 없는 아이란 존재하지 않는다. 아이들이라면 모두 다들 싸우고, 난파당하고, 감옥에 갇히고, 작은 손을 피로 물들이고, 패색이 짙은 전투를 용맹하게 뒤집으며, 순수함과 아름다움을 당당하게 지켜낸 적이 있다. 에세이의 다른 대목에서 제임스 씨는 경험이라는 개념을 지나치게 좁게 규정하는 일에 대해 타당하기 그지없는 이유를 들어 반박했다. 그는 타고난 예술가의 눈에는 '제아무리 희미한 삶의 흔적'이라 할지라도 깨달음으로 바뀐다고 주장하는데, 나는 예술가란 대개의 경우 자신이 실제로 행한 것보다 꿈만 꿔봤던 일들을 더 대담하고 효과적으로 쓴다고 생각한다. 욕망이라는 성능 좋은 망원경을 들고 비스가산* 꼭대기 같은 멋진 관측소에 오르는 것이다. 제임스 씨나 이 문제의 작품을 쓴 저자나 육체적인 의미에서 금을 찾아나선 적이 없다는 건 사실이지만, 두 사람 모두 어린 시절 꾼 백일몽 속에서 그러한 삶의 세부들을 열렬히 욕망하고 즐거이 상상했을 공산은 크다. 그 작품의 저자는 이 점을 확신했고, 더불어 (참으로 교활하고 비열하게도!) 이런 종류의 흥미로운 설정이 무척이나 자주 다루어진 덕에 독자의 공감을 얻을 수 있는 매끈한 길이 이미 닦여 있다는 사실 또한 잘 알았기 때문에, 이런 소년 시절의 꿈을 창조하고 구체화하는 데에만 전념했다. 그 소년에게 인물의 내면이란 봉인되어 열 수 없는 책이다. 소년에게 해적은 턱수염

* 느보산의 꼭대기. 이곳에서 모세가 약속의 땅을 바라보았다고 전해진다.

을 기르고, 통이 넓은 바지를 입으며, 권총을 잔뜩 챙기고 다니는 인간일 뿐이다. 그 작품의 저자는 상황을 구체화하자는 목적에서, 또한 본인 역시 많건 적건 어른이다보니, 인물의 성격을 일정 한도 내에서 작품 구상에 도입하기는 했다. 하지만 어디까지나 일정 한도 내에서만 그렇게 했다. 동일한 꼭두각시 인형들, 즉 같은 인물들이 다른 성격의 작품 계획에 고려되었다면 전혀 다른 의도로 그려졌을 것이다. 이런 초보적인 모험소설에서 인물은 한 종류의 특성으로, 즉 호전적이고 위협적으로만 제시되어야 한다. 그들이 간계에 능하고 죽을 듯 싸워대는 한 그 인물들은 제 역할에 충실한 셈이다. 이런 유의 소설에서 다루는 중심 소재는 위험이고, 공포는 느긋하게 장난치듯 건드리는 정념이다. 등장인물들은 위험을 감지하고 공포에 대한 공감을 불러일으킬 수 있는 한도 안에서만 묘사된다. 여기에 더 많은 특성을 가미하거나, 지나치게 기교를 부리거나, 물질적 흥밋거리라는 여우를 쫓는 와중에 도덕적이거나 지적인 관심사라는 토끼를 쫓기 시작하는 건 이야기를 풍성하게 만드는 게 아니라 망치는 길이다. 어리석은 독자는 기분만 상하고, 똑똑한 독자는 흐름을 놓친다.

인물 중심의 소설이 다른 모든 종류의 소설과 구별되는 차이점은 플롯의 일관성이 전혀 필요하지 않다는 사실인데, 이런 이유로《질 블라스 이야기》*의 예에서 보듯 가끔 모험소설이라 불리기도 한다. 인물 중심의 소설은 등장인물이 지닌 기질에 집중한다. 물론 이러한 기질은 사건을 통해 구체적으로 드러나지만 사건 자체는 본질적으로 부차적이므로 전개 과정에서 반드시 진전될 필요가 없고, 인물 또한 정적인 모습으로 제시될 수 있다. 즉 등장했다가 퇴장할 때 일관성은 유지되어야 하지만 반드시 성장할 필요는 없다. 이 부분에서 제임스 씨는 본인 작품의 상당수에서 나타나는 특징을 알아볼 것이다. 그는 자신의 작품 대부분에서 인물의 정적인 측면을 다루며, 인물이 아예 멈춰 있거나 서서히 움직이는 상황을 탐구한다. 그는 평소에 늘 보여주는 섬세함과 정확한 예술적 직관을 활용해, 자신이 탐구하고자 하는 태도를 망가뜨리는 데 그치지 않고 일상에서 유머를 발휘하는 자기 소설 속 인물들의 태도를 울컥하는 감정적인 순간에 튀어나오는 야만적

---

* 프랑스의 소설가이자 극작가 알랭 르네 르사주(1668~1747)가 1715년부터 1735년까지 발표한 피카레스크 소설.

인 기세나 단순한 전형으로 변질시키고 말 강렬한 정념을 회피한다. 적확히게 구상해 참으로 날렵하고 깔끔한 솜씨를 발휘한 그의 최근 단편 〈벨트라피오의 저자〉에서도 분명 강렬한 정념이 사용되고 있으나, 그것이 표면에 드러나지 않는다는 사실을 주목해야 한다. 심지어 여자 주인공에게도 열정의 작용이 억제되어 있다. 거대한 투쟁, 진정한 비극, '결정적 장면'은 잠긴 문 뒤에서 눈에 띄지 않은 채 지나가버린다. 매력적으로 고안된 젊은 방문객이라는 인물은 의식했건 아니건 다음의 목적을 위해, 즉 자신의 작법에 충실한 제임스 씨가 격정적 장면을 피하고자 도입한 인물일 것이다. 내가 지금 이 작은 걸작을 경시하는 죄를 저질렀다고 생각하는 독자는 없으리라 믿는다. 내가 하고 싶은 말은 그저 이 작품이 어떤 특정한 소설 종류에 속한다는 것이며, 이제부터 내가 이야기할 다른 특정 종류의 소설에 속했더라면 작품 구상도 서술 방식도 전혀 달랐으리라는 것이다.

내가 그런 종류의 소설을 '극적인 소설'이라고 즐겨 이름 붙이는 까닭은 그 명칭을 통해 영어가 유발하는 기묘하고도 유별난 오해 한 가지를 지적할 수 있어서다. 때로 사람들은 극이 사건으로 이루어져 있다고 생각한다. 그러나 극은 정념으로 구성되어 있으며, 이 정념이 배우에게 연기를 펼칠 기회를 제공한다. 정념은 점진적으로 고조되어야 한다. 그러지 않으면 극이 진행되는 동안 배우가 관객들의 흥미와 정서를 낮은 수준에서 높은 수준으로 끌어올릴 수 없다. 따라서 훌륭하고 진지한 연극은 인생에서 벌어지는 격정적이고도 결정적인 시련, 해야 할 바와 하고 싶은 바가 고귀하게 맞붙는 시련에 바탕을 두어야 한다. 이러한 이유는 내가 '극적인 소설'이라 부르는 소설에도 똑같이 적용된다. 이제 우리 시대에 우리 언어로 쓰인 몇 가지 가치 있는 실례를 들어볼까 한다. 이를테면 메러디스의 《로다 플레밍》*이 있는데, 이 놀랍고도 가슴 아리는 작품은 오랫동안 절판 상태**여서 사람들이 마치 알디네 판본***을 찾듯 헌책방을 수소문했던 책이다. 하디의 《푸른 눈동자》도 있고, 찰스 리드의 작품 두 편도 있다. 하나는 《그리피스 곤트》이고, 다른 하나는 원래 '하얀

    ❀ 영국의 소설가이자 시인 조지 메러디스(1828~1909)가 1865년에 발표한 작품.

  ❀ ❀ 이제는 '더 이상'이 아니니 정말 다행이다(원주)!

❀ ❀ ❀ 베네치아의 알두스 마누티우스 가문에서 1495~1597년에 인쇄 간행한 희귀 고전 판본.

거짓말'이라는 제목이었던 《중혼》이다. 이중 《중혼》은 (참 기묘한 우연으로 내 명명 방법에 부합하는 상황인데) 대(大)뒤마의 파트너였던 마케*의 희곡을 바탕으로 한 소설이다. 이런 종류의 소설에서는 〈벨트라피오의 저자〉의 그 닫힌 문을 박살내 열어야 한다. 정념은 무대 위에 등장해 최후의 대사를 내뱉어야 한다. 정념은 전부이자 궁극적인 것이며, 플롯이자 해결책이고, 주인공인 동시에 데우스 엑스 마키나**다. 인물들이 무대에 어떤 식으로 등장하든 우리는 상관하지 않는다. 핵심은 그들이 퇴장하기 전 정념을 통해 변모해 자기 자신을 뛰어넘어야 한다는 데 있다. 인물을 상세히 그려내는 것이 집필 계획의 일부일 수는 있다. 인물의 전체상을 묘사한 다음 그 인물이 감정의 용광로 속에서 녹아내려 변화하는 모습을 지켜볼 수도 있다. 그러나 결코 의무가 아니다. 멋진 인물 묘사는 필수가 아니다. 그들이 강렬하고 진실하게 움직이기만 하면 우리는 인물이 단순하고 추상적인 전형이라 해도 기꺼이 받

* 프랑스의 작가 오귀스트 마케(1813~1888). 알렉상드르 뒤마와 《삼총사》, 《몬테크리스토 백작》 등을 공동으로 집필했다.

** 고대 그리스 연극에서 쓰인 무대 기법으로, 극에서 모든 갈등을 순식간에 해결하는 장치다.

아들인다. 이러한 부류의 소설은 설사 개성적인 인물이 등장하지 않는다 해도 훌륭해질 수 있다. 동요하는 마음의 작용이 잘 드러나고, 몰개성적이라 해도 정념이 제대로 잘 발화만 되면 훌륭한 작품이 될 수 있다. 실제로 이류 예술가로서는, 처리해야 할 문제가 이런 식으로 좁아지고 작가의 모든 정신적 역량이 오로지 정념으로만 향할 때 훌륭한 작품이 나올 공산이 훨씬 크다. 다시 말하건대 인물 중심의 소설에서 제 세상을 만나는 기교는 이 훨씬 장엄한 무대에는 발도 들이지 못한다. 억지스러운 동기, 쟁점에 대한 교묘한 회피, 열정을 다해야 할 차례에서 발휘하는 재치 따위는 불성실한 자를 대할 때처럼 우리의 기분을 상하게 한다. 작품의 모든 요소는 명료해야 하고 끝까지 직진해야 한다. 그래서 《로다 플레밍》의 러벌 부인이 그토록 독자의 반감을 불러일으키는 것이다. 그녀를 둘러싼 상황의 무게와 강고함에 비하면 그녀의 동기는 지나치게 얄팍하고 행동은 지나치게 모호하다. 발자크가 《랑제 공작부인》을 다소 과하게 열정적이긴 하지만 그래도 강렬한 언어로 시작해놓고서는 남자 주인공의 시계를 잘못 맞춰놓는 방법으로 뒤얽힌 줄거리를 끊어내듯 정리했을 때 독자가 크게 울분을 터뜨린 까닭도 바로 그래서

다. 그런 인물과 사건은 인물 중심의 소설에 속하는 것이다. 그런 것들은 정념이라는 상류사회에 낄 자리가 없다. 정념이 예술에 등을 꼿꼿이 펴고 들어올 때, 우리는 그 정념이 실생활에서처럼 좌절되거나 무력하게 분투하는 모습을 보려는 게 아니라 자기가 처한 환경을 압도하며 우뚝 솟아올라 운명의 대역으로 행동하는 모습을 보고 싶은 것이다.

이쯤에서 제임스 씨가 그의 명석한 판단력을 발휘하며 개입하는 모습이 눈에 선하다. 그는 내가 말한 내용 중 많은 부분에 분명 이의를 제기할 것이고, 또 다른 상당 부분에 관해서는 다소 불편한 기색을 내비치며 마지못해 동의하리라. 내 말이 사실이기는 해도 그게 제임스 씨가 말하고 싶었거나 듣기를 바랐던 소리는 아닐 테니까. 그가 이야기한 건 완성된 그림과 그림이 완성된 뒤 생기는 가치였다. 내가 이야기했던 건 붓, 팔레트, 그리고 아틀리에의 북쪽 창문에서 들어오는 빛이었다. 그는 상류사회의 말투로 그 사람들 귀에 와닿는 견해를 피력했다. 나는 주제넘게 구는 학생처럼 목에 힘도 주고 학술 용어도 동원하며 내 의견을 밝혔다. 하지만 조심스럽게 답하건대, 내 주장의 핵심은 그저 대중을 즐겁게 하는 게 아니라 젊은 작가에게 유용한 조언을 제공하는 데 있다. 그리고 젊은 작가는 예술이 가닿기를 열망하는 지극한 경지에 대한 듣기 좋은 설명이 아니라 가장 열악한 조건에서 예술이 어떠해야 하는지를 진실하게 전해주는 생각에서 더 큰 도움을 얻을 것이다. 우리가 젊은 작가에게 해줄 수 있는 최고의 조언은 다음과 같다. 인물의 동기든 정념으로 인한 동기든 하나의 동기를 선택하도록 하라. 모든 사건이 그 동기를 설명하는 예시가 되도록, 사용하는 모든 소도구가 그 동기와 일치하거나 대비될 정도로 가까운 관계를 형성하도록 정교하게 플롯을 짜라. 셰익스피어의 작품에서 이따금 활용되듯 핵심 음모를 뒤집거나 보완하는 경우가 아니라면 서브플롯을 사용하는 건 피하라. 문체가 작품을 논의할 만한 수준 이하로 떨어지지 않도록 하라. 대화의 어조를 설정할 때는 사람들이 응접실에서 실제로 어떻게 대화할지를 상상하지 말고 자신이 표현해야 할 정념의 강도에만 시선을 고정하라. 사건을 서술하는 작가 본인은 물론이거니와 대화를 끌어나가는 인물 중 누구도, 이야기의 관심사나 이야기에 연루된 문제의 논의에 본질적으로 연결되지 않는 문장은 한마디도 내뱉지 않도록 하라. 이 때문에 작품의 분량이 줄더라도 후회하지 말라. 그편이 훨씬 나을 것이다. 관련 없는 내용을 덧붙이는 건 작품을 늘리는 게 아니라 매장하는 것이다. 천 가지 장점을 놓치더라도, 그렇게 해서 애초에 선택한 단 한 가지 목표를 굴하지 않고 추구할 수만 있다면 신경 쓰지 말라. 대화의 어조를 놓치거나, 당대의 풍습을 날카롭게 드러내는 세부 사항을 빼먹거나 이 시대의 분위기와 환경을 재현하지 못한다 해도 신경 쓰지 말라. 이러한 요소들은 핵심이 아니다. 그런 것들이 하나도 없다 해도 소설은 충분히 훌륭할 수 있다. 정념이나 인물은 물질 환경으로부터 선연히 도드라질 때 더 잘 그려진다. 이 구체성의 시대에서 추상의 시대를 떠올리라. 과거의 위대한 책들, 셰익스피어와 발자크 이전에 살았던 용감한 자들을 기억하라. 그리고 이 모든 문제의 근본으로서, 소설은 삶의 모사가 아니므로 정확성을 기준으로 평가받지 않으며, 소설이란 삶의 어떤 측면이나 순간을 단순화한 것이므로 그 단순화의 의미심장함에 따라 성공 또는 실패가 결정된다는 사실을 명심하라. 위대한 동기를 품고 작업하는 위대한 인물들에게서 우리가 관찰하고 찬탄하는 것이 종종 그들의 복잡함이라 할지라도, 그 겉모습 아래에는 변치 않는 진실이 머무르고 있다. 단순화야말로 그들의 방식이며, 단순화하는 능력이야말로 그들의 탁월함이라는 진실 말이다.

2

위의 글을 쓰고 나서, 또 다른 소설가가 이 논의에 참여한 사람들의 명단에 반복적으로 등장했다. 언급할 가치가 충분한 그 소설가는 바로 W. D. 하우얼스 씨다. 그보다 더 좁고 뾰족한 확신으로 무장해 논쟁의 창끝을 겨눈 이는 아무도 없었다. 그의 머릿속은 자기 자신과 자기 제자와 자기 스승의 작품으로만 꽉 차 있다. 그는 자기 유파의 노예이자 광신도다. 그는 과학에서 그러듯 예술에서도 진보를 꿈꾸며, 과거의 것들은 완전히 죽었다고 생각한다. 그는 특정한 형식이 시효를 넘어 살아남을 수는 없다고 생각한다. 자신만의 역사에는 희한하게 몰입하면서 인류 종족의 역사는 희한하게 망각한 결과라 아니할 수 없다! 그러나 한편으로, 그가 정작 본인의 작품을 (자기 독자들의 열정 어린 시선으로 바라볼 수 있을 경우이긴 하지만) 흘끗 일별하기만 해도 이런 환상의 상당 부분은 안개가 걷히듯 흩어질 것이다. 그는 당대의 변변찮고 사소한 통설(과거와 미래의 통설에 비해 딱히 더 변변찮지도 사소하지도 않겠지만 배타적이라는 점에 있어서는 참으로 변변찮고 사소하기 짝이 없는 그런 통설)을 죄다 꼭 붙들어 고수하지만, 막상 그가 이뤄낸 업적 상당수에 담긴 생생한 장점은 본인의 주장과 모순되는, 자칫 내 입에서 '이단적'이라는 말이 나올지도 모를 정도의 양상을 띠기 때문이다. 내가 읽은 하우얼스 씨는 애초부터 낭만주의에 깊이 경도된 인물이며, 그 은은한 낭만의 불빛은 그의 작품 상당수에 여전히 머무르면서 뚜렷한 개성을 부여하고 있다. 때로 그는 작품 속에서 우연히 일탈해 예외적인 요소를 탐닉하는데, 바로 그때가 대체로 그의 작품을 읽는 독자들이 좋아하는 순간이고, 나는 그게 당연한 일이라고 주장하련다. 중심에 자리 잡은 인간이 되고자 과도하게 열정을 기울이는 과정에서, 하우얼스 씨가 지나칠 정도로 자주 경시하는 중심 인간이 있지 않은가? 그건 바로 하우얼스 씨 본인이 아닐까? 시인이자 완성된 예술가이며 삶의 다양한 모습과 사랑에 빠진 사람인 동시에 교묘하게 마음을 읽어내는 인물인 하우얼스 씨는 본인이 그려내는 것과는 다른 정념과 포부를 지닌 사람이다. 그런데 어째서 자신을 억누르며 레뮤얼 바커✲ 같은 작자들에게 경의를 표하는가? 눈앞에 명백히

✲ 윌리엄 딘 하우얼스(1837~1920)가 1886년에 발표한 소설 《목사의 책임, 혹은 레뮤얼 바커의 수습 기간》에 나오는 등장인물.

보인다고 해서 그게 반드시 정상적이라 할 수는 없다. 유행이란 지배하고 왜곡하게 마련이다. 대다수의 사람은 당대의 생활양식에 얌전히 순응하니, 진정한 관찰자의 눈에는 그저 더 강고한 힘을 지닌 무의미함을 획득한 것으로 보일 뿐이다. 이때 위험은 정상적인 것을 그려내보려다가 공허한 것을 그려내고, 인간의 이야기 대신 풍속소설을 쓰고 말지도 모른다는 점에 있다.

Robert Louis Stevenson

에세이 쓰기

The Writing of Essays

허버트 조지 웰스

Herbert George Wells

에세이 쓰기

The Writing of Essays

《타임머신》(1895),《투명 인간》(1897),《우주 전쟁》(1898)의 작가 허버트 조지 웰스가 쓴 이 에세이는 1897년 간행된 웰스의 에세이 선집《특정한 개인적인 문제》에 수록되었다. '에세이를 쓰는 법'을 가르쳐주겠다는 양 시작하다가 한참 동안 어떤 펜과 종이를 골라야 할지 늘어놓은 다음 막판에 간단한 '비결'을 알려주면서 끝내는 유머러스한 글로, 웰스 본인의 말마따나 '생기 넘치게 꼬리를 흔드는' 소품이다. 펜과 종이에 따라 다른 성격의 글이 나온다는 주장은 웃자고 하는 소리 같기도 하지만, '펜과 종이'를 '매체'나 'SNS'로 바꿔 생각해보면 여전히 시의적절하고 핵심을 찌르는 지적이기도 하다.

에세이 작가가 사용하는 기법은 무척이나 간단하고, 비평 규범에서도 완전히 자유로우며, 더군다나 즐겁기 짝이 없어서, 왜 모든 사람이 에세이 작가가 되지 않는지 궁금할 정도다. 어쩌면 사람들이 에세이가 얼마나 쉬운지 잘 모르기 때문일 수도 있겠다. 아니면 초보자가 지도를 잘못 받은 건지도 모른다. 제대로 가르치기만 하면, 에세이에 담긴 기법이 무엇인지 배우는 데 십 분 남짓이면 된다. 그 나머지는 화창한 봄날 아침 숲을 거니는 것만큼이나 손쉽다.

우리와 함께하고 싶다면 일단 자리에 앉아 종이, 펜, 잉크를 꺼내 들라. 그리고 명심하라. 당신의 펜이야말로 극히 중대한 문제라는 사실을. 모든 펜이 저 나름의 에세이를 쓰며, 연필 또한 자기 방식에 따라 에세이를 쓴다. 어쩌면 잉크도 영향력을 끼칠지 모르며, 종이도 그럴지 모른다. 하지만 가장 중요한 요소는 펜이다. 실로 이것이야 말로 에세이 쓰기의 근본적인 비결이다. 잘 어울리는 펜을 맺어주기만 하면 글쓰기의 즐거움과 에세이의 탄생은 확실히 보장된다. 우리 중 많은 이는 그저 이 지구상을 헤매면서 결코 멋진 펜을 만나지 못한 채 외롭고 변변찮은 사람으로 살아갈 뿐이다.

모든 펜 중에서도 문학적인 에세이를 쓸 수 있는 펜은 깃펜이다. 깃펜에는 허물없는 분위기가 미묘하게 배어 있으며, 유쾌한 편안함과 심지어 본질적으로 문학적이라 할 수 있는 어렴풋한 부도덕까지 담겨 있는 듯하다. 깃펜에는 암시하는 바도, 인용도 풍부하게 들어 있다. 노동조합 대의원의 손에 들린 깃털 펜도 당신에게 몽테뉴와 호라티우스를 인용할 듯하다. 깃펜에서 나오는 별스럽고 느긋한 사각거리는 소리는 즐거움을 주며, 쉽고 안이하게 술술 나오는 문장을 재치로 깨뜨릴 것이다. 고전적 에세이 작가들은 모두 깃펜을 사용했고, 애디슨*은 정부에서 구입해 쓰는 가장 값비싼 펜을 사용했다. 열등한 에세이의 시작은 싸구려 철 펜이 도입되면서부터였다.

❋ 영국의 작가이자 정치인 조지프 애디슨(1672~1719).

일반 펜대에 끼우라고 파는 깃펜 촉은 절대 진정한 깃펜이 아니다. 그런 펜에는 위엄이 결여되어 있으며, 심지어 너무 믿고 사용하다가는 자칫《최신 유행 유머》같은 잡지 쪽으로 가버릴 수도 있다. 제대로 된 깃펜의 차선책으로는 뭉툭한 BB 연필을 추천한다. 세련미는 덜하고 글자 모양도 좀 넓어지지만, 그래도 여전히 훌륭한 문학을 쓸 수 있다. 가끔 작품이 갑갑해지기도 하고(예를 들자면 조지 메러디스 씨 같은 경우 부드러운 연필을 쓰는 게 아닌가 하는 의심을 받는다) 깃펜으로 쓴 작품보다 늘 투박하고 간결하기는 해도 말이다. 심이 단단한 연필로는 우아한 데라고는 하나도 없는 문체밖에는 쓸 수가 없으며(마치 동쪽에서 불어오는 바람 같다) 미소도 짓지 못한다. 그래서 딱딱한 연필은 반 크라운짜리 평론지에서 진지한 기사를 쓸 때 종종 사용된다.

이 뒤를 이어 등장하는 것은 철 펜 군단이다. '진화'와 '환경' 같은 단어로 무장해 달려드는 단도직입적이고 명료하며 과학적인 문체는 단어의 정확성과 모범적이고 효율적인 사용으로 의미를 전달하는 것을 목표로 삼는데, 이는 아무 문구점에서나 1페니에 열두 개씩 파는 뾰족한 강철 펜촉을 통해 이루어진다. 제이 펜*은 여성 소설가에게, 첨필 만년필은 악마에게나 주자. 에세이 작가는 그딴 것에 손도 대지 말아야 한다. 펜 이야기는 이쯤 하겠다. 만약 에세이가 쉽게 쓰이지 않는다면, 문제가 생긴 지점은 바로 여기다. 다른 펜을 사서 다시 시작하라. 절망이나 기쁨이 당신을 저지할 때까지 계속하고 또 계속하라.

타자기에 관해서라면, 자판으로 소나타를 연주할 수 없는 것과 같이 타자기로 에세이를 써낼 수도 없다. 지금껏 어떤 에세이도 타자기로 작성된 바 없고, 앞으로도 그럴 것이다. 타자기로 에세이를 쓴다는 것의 불가능성을 제쳐놓더라도, 그런 제안은 우리가 살아가고 움직이며 존재를 유지하는 분업 체계를 잔혹하게 무시하는 태도를 내포한다. 에세이 작가가 타자기를 사용한다면, 일반적으로 훨씬 우월한 교육을 받았고 능력도 있지만 현재 실업 상태인 타자수가 에세이 분야로 진출할지도 모르는데, 그러면 당신은 어디서 생계를 꾸릴 셈인가? 그럴 바에야 당장 라이노타이프**를 사용해 본인의 재치와 유머를 곧장 인쇄

* J 자 표가 찍힌 폭이 넓은 펜촉.
** 인쇄판을 만드는 식자 작업을 자동으로 하는 기계로, 과거 신문 인쇄 등에 쓰였다.

하는 편이 합리적이다. 다른 사업을 침범하는 데서 한 걸음 나아가면, 자체 제작한 신문을 팔아보려는 시도가 나중에는 본인만 그걸 읽을 수밖에 없는 지경에 이를 수도 있는 것이다. 그래서는 안 된다. 에세이 작가라 해도 이성적이어야 한다. 설사 기계가 내는 덜그럭거리는 소리가 글쓰기를 불가능하게 하지는 않는다 해도, 타자기는 여전히 문인의 체면을 깎을 것이다.

이제 종이 차례다. 고급스럽고 값비싸며 크기는 작은, 줄무늬가 들어간 크림색 필기 용지를 사용하는 노트가 가장 좋다. 이런 노트는 당신의 에세이를 들어갈 말만 간결하게 잘 들어간 글로 만들어준다. 만약 이런 노트를 못 구하면 찢어진 봉투나 계산서 뒷장도 좋다. 어떤 사람들은 줄이 그어진 종이를 선호하는데, 줄을 가로질러 글을 쓸 수 있기 때문이다. 또 어떤 사람들은 자기 친구의 책 앞면과 뒷면의 빈 페이지에 글을 쓴다. 하지만 보풀이 잔뜩 일어난 싸구려 설교용 종이에 글을 쓰는 사람이라면 사랑하는 여성과는 멀리 떨어져 글을 써야 할 것이다. 안 그랬다가는 그녀의 귀를 괴롭히게 될 테니까. 그렇긴 해도 설교용 종이는 간결하고 힘 있는 문장을 쓰는 데는 썩 좋다.

펜에서 흘러나오는 잉크는 윤기 나는 검은색이어야 한

다. 그래야 세련된 영어가 나온다. 보라색 잉크에서는 가식이, 암청색 잉크에서는 천박함이 흘러나온다. 붉은색 잉크로 쓴 에세이는 종종 훌륭하지만, 대개 공개되기에는 부적절한 내용이다.

에세이를 쓰기 위해 알아야 할 것은 이 정도가 거의 전부다. 제대로 된 펜과 잉크, 연필 혹은 종이를 구하고 나면 자리에 앉아 글을 쓰면 된다. 에세이의 가치는 내용이 아니라 분위기에 있다. 당신은 편안해야 한다. 팔걸이가 달린 앉기 편한 의자, 슬리퍼, 글을 쓸 종이 뭉치가 보통 사용되며, 얼마 전에 식사를 마친 상태여야 하고, 화려한 옷보다는 편안한 옷을 입어야 한다. 이 외에 필요한 게 있다면, 특정 주제에, 아니 어떤 주제건 간에 거기 매달려서 고민하지 말아야 한다. 편집자도 독자도 생각하지 말라. 당신의 에세이는 들판의 백합처럼 자연스러운 글이어야 하니까.

무언가에 대한 정의 따위를 내리지만 않는다면 어떻게 글을 시작해도 좋다. 급작스러운 시작도 무척 애호되는 수법이다. 약국 창문으로 뛰어 들어오는 광대 같은 방식 말이다. 그런 다음에는 즉시 독자를 후려치라. 소시지로 머리를 갈기고 부지깽이로 쿡쿡 찔러 일으킨 다음 손

수레에 처넣어서 자기가 어디 있는지 알아차리기 전에 멀리 데리고 가버리리. 독자가 즐겁게 계속 따라 읽도록 할수만 있다면 독자와 함께 뭐든 해도 좋다. 당신이 즐겁다면 당신의 독자도 즐거울 것이다. 하지만 한 가지 규칙만큼은 지켜야 한다. 에세이는 환심을 사려는 개처럼 생기넘치는 꼬리를 가지고 있어야 한다. 짧기는 해도 할 수 있는 한 열심히 흔들어대는 그런 꼬리 말이다. 로켓과 마찬가지로 에세이도 끝에 가서야 쉭 하는 소리를 내며 불꽃을 튀긴다. 그리고 알아두라. 글을 써보겠답시고 폼 잡는짓을 관두는 것이 바로 에세이를 쓰는 비결이다. 대중이사랑하는 에세이는 명이 짧은 법이다.

문학적 범죄

Fenimore Cooper's Literary Offences

마크 트웨인

Mark Twain

문학적 범죄

Fenimore Cooper's Literary Offences

페니모어 쿠퍼의 〈문학적 범죄〉는 1895년 7월 문학잡지 《노스 아메리칸 리뷰》에 발표되었으며, 마크 트웨인의 전기를 쓴 작가 에버렛 에머슨은 이 에세이를 가리켜 트웨인이 쓴 '가장 재미있는 글'이라 평한 바 있다. 이 글에서 트웨인은 미국 작가 페니모어 쿠퍼의 소설을 재기 넘치는 문장으로 사실상 조롱이나 다름없이 비판, 아니 분쇄하는데, 이 혹독한 분쇄 작업을 통해 트웨인이 소설 작법의 기준으로 제시하는 것은 개연성과 리얼리티, 언어의 경제성이다. 소설이란 앞뒤가 잘 맞아야 하고, 현실적이어야 하며, 정확한 단어와 문장을 구사해야 한다는 것이 트웨인이 생각하는 소설 쓰기의 규칙이다.

당연한 말 아닐까? 아마 그럴 것이다. 다만 세상에는 앞뒤가 딱딱 들어맞고 간결하고 세련된 문장을 구사하면서 철두철미하게 현실적인 '따분하고 재미없는' 소설이 (많이) 있고, 온갖 문학적 범죄를 자행하고 다니는 '재미있고 감동적인' 소설도 (많지는 않지만) 있다. 소설이라는 예술의 흥미로운 점은, 쿠퍼의 작품에 내린 트웨인의 가차 없는 평결과는 달리 그 모든 엉망진창을 다 제하고 나서도 여전히 '예술'에 속한 무언가가 남을 수 있다는 사실에 있는지 모른다.

《패스파인더》와 《사슴 사냥꾼》은 쿠퍼❋ 소설의 정점에 있는 예술적 창조물이다. 그의 다른 작품에도 이 소설들에서 발견할 수 있는 것만큼이나 완벽한 대목이 있고, 심지어 더 스릴 넘치는 장면도 있다. 그렇지만 완성된 전체로서 이 두 작품에 비견할 만한 소설은 없다.

전작들과 비교하면 이 두 소설에는 결점이 거의 없다시피 하다. 순수한 예술 작품이다.

—라운즈베리 교수

다섯 편의 소설은 비범하게 만개한 창작력을 드러낸다……. 내티 범포❋❋는 소설 역사상 가장 위대한 인물 중 하나다…….

❋　미국의 소설가 제임스 페니모어 쿠퍼(1789~1851).

숲 사람의 숙련된 솜씨, 덫 사냥꾼의 속임수 등, 숲에서
사용되는 모든 섬세한 기술은 쿠퍼에게는 어린 시절부터
친숙한 것이었다.

—브랜더 매슈스 교수

쿠퍼는 낭만적 소설의 영역에서 지금껏 미국이 배출한
가장 뛰어난 예술가다.

—윌키 콜린스♣♣♣

　예일 대학교 영문학 교수, 컬럼비아 대학교 영문학 교
수, 그리고 작가 윌키 콜린스가 쿠퍼의 작품을 읽지도 않
았으면서 저런 의견을 낸 것은 내가 보기에 정말로 옳지
않다. 차라리 침묵을 지키면서 쿠퍼의 작품을 읽은 사람
들이 알아서 말하게 놔두는 편이 훨씬 품위 있는 처신이
었을 것이다.

　쿠퍼의 예술에는 결점이 있다.《사슴 사냥꾼》의 한 대
목, 3분의 2페이지에 불과한 한정된 공간에서 쿠퍼는 문

♣♣ 쿠퍼의 '레더스타킹 시리즈'의 주인공. 백인 부모 아래 태어나 아메리카
원주민 사이에서 자란 인물로, 모히칸족인 칭가치국과 같이 활동한다.

♣♣♣ 영국의 추리소설가 윌키 콜린스(1824~1889). 대표작으로《월장석》
등이 있다.

학예술에게 저지를 수 있는 백열다섯 가지의 범죄 중 백열네 가지를 저질렀다. 그야말로 신기록이다.

낭만적 소설의 영역에서 문학예술을 지배하는 열아홉 개의 규칙이 있다. 어떤 이들은 스물두 개라고도 한다. 쿠퍼는 그중 열여덟 개를 위반했다. 그 열여덟 개의 규칙은 다음과 같다.

1. 이야기는 무언가를 성취하고 어딘가에 도달해야 한다. 하지만 《사슴 사냥꾼》은 아무것도 성취하지 못한 채 허공에 붕 뜨고 만다.

2. 작품에서 제시되는 일화는 이야기에서 필수적인 부분이 되어야 하며, 이야기의 전개에 기여해야 한다. 하지만 《사슴 사냥꾼》은 애초에 이야기도 아니다. 어떤 것도 성취하지 못한 채 어디에도 도달하지 못하기 때문이다. 따라서 일화들 역시 발전시킬 여지가 전혀 없다보니 작품에서 제자리를 찾지 못한다.

3. 이야기 속 인물은 시체를 제외하면 다들 살아 움직여야 하며, 독자들은 항상 시체와 살아 있는 다른 인물을 구별할 수 있어야 한다. 그렇지만 이런 세부 사항은 《사슴 사냥꾼》에서 종종 간과된다.

4. 이야기 속 인물은 살았건 죽었건 그곳에 있어야 할 충분한 이유를 보여줘야 한다. 하지만 이러한 세부 사항 역시 《사슴 사냥꾼》에서는 간과된다.

5. 이야기 속 인물이 대화를 나눌 때 그 대화는 사람이 말하듯 읽혀야 하고, 특정한 상황에 놓인 사람이 말할 법한 내용이어야 하며, 발견할 수 있는 의미와 발견할 수 있는 목적이 있어야 할 뿐 아니라 내용과의 연관성을 드러내면서도 현재 다뤄지는 주제를 벗어나지 말아야 한다. 대화는 독자에게 흥미로워야 하고, 이야기를 보조해야 하며, 작품 속 인물에게 더는 할 말이 없다 싶으면 끝내야 한다. 하지만 이런 요구 사항은 《사슴 사냥꾼》의 도입부터 결말까지 내내 무시된다.

6. 작가가 이야기에서 인물의 성격을 묘사할 때, 해당 인물의 행동과 대화는 서술된 묘사가 옳음을 보여야 한다. 그렇지만 이 법칙은 《사슴 사냥꾼》에서는 거의 혹은 전혀 고려되지 않는데, 내티 범포의 사례가 이를 넉넉히 입증한다.

7. 특정 문단의 시작 부분에서 인물이 나뭇결무늬 송아지 가죽 장정에 삽화를 그려 넣고 금테를 두른 7달러짜리 《우정의 선물》[※] 같은 책처럼 말하다가 끝부분에 가서는

순회 극단에서 공연하는 흑인처럼 말해서는 안 된다. 그러나 이 규칙 또한 《사슴 사냥꾼》에서 내동댕이쳐지고 짓밟힌다.

8. 작가나 이야기 속 인물이 저지르는 아둔하고 멍청한 짓거리를 '숲 사람의 숙련된 솜씨', '숲에서 사용하는 섬세한 기술' 따위로 포장해 독자를 기만하면 안 된다. 하지만 《사슴 사냥꾼》에서 이 규칙은 집요하게 위반된다.

9. 이야기 속 인물은 개연성 있는 상황에 머물러야 하며 기적을 멀리해야 한다. 굳이 기적을 사용하겠다면, 작가는 그 기적을 그럴싸하게 제시함으로써 그것이 가능성 있고 합리적인 일처럼 보이도록 해야 한다. 그렇지만 이런 규칙은 《사슴 사냥꾼》에서 고려되지 않는다.

10. 작가는 독자가 이야기 속 인물과 그들의 운명에 깊은 관심을 기울이도록 해야 하며, 선한 사람을 응원하고 악한 사람을 싫어하도록 해야 한다. 하지만 《사슴 사냥꾼》의 독자는 작품 속 선한 사람을 싫어하고, 그 외 다른 인물에는 관심이 없으며, 그냥 몽땅 물에 빠져 죽기를 바

❖   19세기 영국에서 제작되었던 선물용 문집. 미국에서는 1841년부터 1856년까지 발행되었다.

란다.

11. 이야기 속 인물은 아주 명확히 설정되어야 한다. 그래야 독자가 특정 위기 상황에서 그들 각자가 어떻게 행동할지 예측할 수 있다. 하지만 《사슴 사냥꾼》에서는 이 규칙이 무효가 된다.

이러한 주요 규칙에 더해 소소한 규칙이 몇 개 더 있다. 작가는 아래의 사항을 준수해야 한다.

12. 말하려는 바를 정확히 표현하라. 그저 비슷하게 쓰는 데 그치지 말라.

13. 먼 친척 같은 유의어 말고 적확한 단어를 사용하라.

14. 쓸데없는 문구를 피하라.

15. 필요한 세부 사항을 생략하지 말라.

16. 형식을 대충대충 짜는 일을 피하라.

17. 문법을 제대로 구사하라.

18. 간결하고 직설적인 문체를 사용하라.

《사슴 사냥꾼》은 이 일곱 개의 규칙조차도 무정하고 끈질기게 위반한다.

창의력이라는 면에서 쿠퍼의 재능이 딱히 천부적이지는 않았으나, 그는 그 정도나마 자기 능력을 발휘하는 걸 좋아했고, 그 결과에 즐거워했으며, 실제로 그걸로 꽤 재미있는 일을 벌이기도 했다. 소도구를 모아둔 쿠퍼의 작은 상자에는 그의 작품 속 야만인과 숲 사람들이 서로를 속이고 뒤통수를 치는 데 사용하는 예닐곱 가지 정도의 교묘한 장치, 속임수, 책략이 들어 있고, 그는 이런 어수룩한 물건들을 만들고는 그게 작동하는 모습을 보면서 정말로 행복해했다. 그가 애용하던 수법은 모카신을 신은 인물이 모카신을 신은 적의 발자국을 따라 밟으며 자기 흔적을 감추도록 하는 것이었다. 쿠퍼는 그 속임수를 써먹느라 마르고 닳도록 모카신을 사용했다. 그가 상자에서 종종 꺼내 쓰는 또 다른 소도구로는 부러진 나뭇가지가 있었다. 그는 그 어떤 소품보다 이 부러진 나뭇가지를 으뜸으로 쳤고, 가장 열심히 이용해먹었다. 그의 소설에서 쉬어 가는 장이 있다면 그건 누군가 바싹 마른 나뭇가지를 밟는 바람에 사방 180미터 내의 모든 아군과 적군에게 경보를 날리지 않을 때다. 쿠퍼의 소설 속 인물이 위험에 처해 있고, 그래서 절대적인 고요가 분당 4달러의 가치가 있을 때마다 그 인물은 반드시 마른 나뭇가지를 밟는다.

더 편리하게 밟을 만한 것들이 백 가지는 더 있겠지만, 그 따위 것은 쿠퍼를 만족시키지 못한다. 쿠퍼는 자기 인물더러 모습을 드러내 마른 나뭇가지를 찾아내라고 요구한다. 찾지 못하겠으면 가서 빌려 오라고 한다. 사실 '레더스타킹 시리즈'*는 '마른 나뭇가지 시리즈'라고 했어야 마땅하다.

안타까운 일이지만, 내티 범포와 그 외 쿠퍼 소설 속 전문가들께서 선보인 섬세한 숲속 기술에 관한 십수 가지 실례를 더 밝힐 지면이 부족하다. 두어 가지 정도의 예시를 들어볼 수는 있다. 쿠퍼는 선원, 그것도 해군 장교 출신이다. 그런데 그는 풍랑 속에서 바람 부는 쪽 해안으로 떠밀려가는 배가 선장의 지시에 따라 특정 지점으로 나아가고 있는데, 그건 그 특정 지점에 풍랑에 맞서 배를 붙잡아 침몰에서 구해줄 저층 역류가 있다는 사실을 선장이 알고 있기 때문이라는 얘기를 낯빛 하나 안 바꾸고 진지하게 한다. 단순한 삼림 생활에 관한 지식이건, 항해술이건, 뭐라 부르건 간에 그것참 대단하지 않은가? 쿠퍼는 몇

---

* 쿠퍼가 발표한 다섯 편의 소설 《개척자》(1823), 《모히칸족의 최후》(1826), 《대초원》(1827), 《패스파인더》(1840), 《사슴 사냥꾼》(1841)을 가리킨다.

년 동안 포병들과 허구한 날 어울렸으니, 포탄이 지면을 타격하면 그대로 땅에 박히거나 30미터 정도 튀어 오르고 또 튀어 오르다가 결국 힘이 다하면 굴러간다는 사실을 알고도 남을 사람이다. 그런데 어느 대목에서 그는 '부녀자들'(그는 여성을 항상 이렇게 부른다)을 안개 낀 밤 평원 근처 숲 가장자리에서 길을 잃게 만든다. 그래야 범포에게 독자 앞에서 그 섬세한 숲속 기술을 뽐낼 기회를 줄 수 있으니까. 이 길 잃은 사람들은 요새를 찾는 중이다. 그들의 귀에 대포를 쏘는 소리가 들리고, 곧이어 대포알 하나가 숲으로 굴러와 그들의 발 앞에 멈춘다. 부녀자들에게 이는 별다른 의미가 없다. 존경해 마땅한 범포에게는 상황이 전혀 다르지만 말이다. 범포가 즉시 포탄의 궤적을 따라 짙은 안개가 낀 평원을 뚫고 움직여 요새를 찾아내지 못한다면, 나는 결코 다시는 마음의 안식을 누릴 수 없으리라. 정말 굉장하지 않은가? 만약 쿠퍼가 자연의 섭리에 대한 진정한 지식을 하나라도 가지고 있는 게 사실이라면, 그는 그 지식을 숨기는 고도의 기술을 발휘한 셈이다. 다른 예를 들어보자. 그의 소설에 등장하는 예리한 인디언 전문가 칭가치국('시카고'라고 발음하는 듯하다)이 자기가 쫓던 사람의 흔적을 숲에서 놓쳤다. 겉보기에 그 흔적은 찾을 가망 없이 사라진 듯하다. 여러분이나 나였다면 그걸 어떻게 찾아낼지 짐작도 못 했을 것이다. '시카고'는 사정이 달랐다. 시카고는 오래 쩔쩔매지 않았다. 그는 개울이 흐르는 방향을 바꾸어버렸고, 그러자 개울 바닥의 진창에 찍혀 있던 그 사람의 모카신 발자국이 드러났다. 다른 모든 경우와는 달리, 이번에는 물살이 발자국을 씻어내지 않았다. 보시라, 쿠퍼가 독자에게 숲속 사람의 섬세한 기술을 선보이려 할 때면 심지어 영원한 자연의 법칙조차 자리를 비켜줘야 하는 것이다.

브랜더 매슈스가 쿠퍼의 소설이 "비범하게 만개한 창작력을 드러낸다"라고 말할 때 우리는 좀 미심쩍어해야 한다. 보통의 경우 나는 브랜더 매슈스의 문학적 판단을 기꺼이 수용하며 그의 명료하고 우아한 글쓰기에 갈채를 보내는 편이다. 하지만 저 발언은 조미료를 정말 과하게 친 표현으로 받아들여야 한다. 아이고야, 쿠퍼는 말 한 마리만큼의 창의성도 없었던 사람이고, 이 '말'도 '고급 말(high-class horse)'이 아니라 '빨래 건조대(clothes-horse)'를 말하는 거다. 쿠퍼의 소설에서 진짜로 기발한 '상황'을 찾기는 매우 어려우며, 그가 설정한 상황 중 그걸 다루다 터무니없이 망치지 않은 걸 찾기는 훨씬 더 어려울 것이다.

'동굴' 일화를 보라. 그로부터 며칠 뒤 고원에서 마쿠아와 다른 사람들 사이에 벌어진 그 유명한 난투 장면을 보라. 허리 해리가 성채에서 방주까지 가면서 물 위를 희한하게 이동하는 장면을 보라. 사슴 사냥꾼이 자기가 죽인 시체와 보내는 첫 삼십 분을 보라. 나중에 허리 해리와 사슴 사냥꾼이 벌이는 말다툼을 보라. 그리고 또…… 됐다, 그냥 여러분이 직접 찾아보시라. 뭘 고르든 헛짚을 일은 없으니까.

쿠퍼가 주의 깊게 관찰할 줄 아는 사람이었다면 그의 창작 능력은 훨씬 더 잘 발휘되었을 것이다. 흥미를 유발하는 쪽이 아니라 더 합리적이고 설득력 있는 방향으로 말이다. 쿠퍼가 가장 자랑스럽게 창조해낸 '상황'은 오류를 막아주는 관찰자의 재능이 부재한 탓에 눈에 띄게 망가진다. 쿠퍼의 시선은 찬란할 정도로 부정확했다. 쿠퍼가 뭐든 제대로 관찰하는 일은 좀체 없었다. 그는 거의 모든 것을 의안으로 보듯 어두침침하게 바라보았다. 당연한 일이겠지만, 일상의 가장 평범한 사물들조차 정확하게 바라보지 못하는 사람이라면 '상황'을 구상할 때 불리한 입장이기 마련이다.《사슴 사냥꾼》에서, 쿠퍼는 호수에서 흘러나오는 폭 15미터의 개울을 집어넣는다. 그런데 이 개울은 구불구불 흐르던 중 별 이유도 없이 폭이 6미터로 좁아진다. 개울이 이런 식으로 좁아지면 당연히 나름의 이유가 설명되어야 한다. 열네 쪽 뒤로 넘어가면 호수에서 흘러나오는 개울 입구의 폭이 별안간 9미터가 되면서 "개울에서 가장 좁은 지점"이 된다. 왜 이런 감소가 일어나는지에 대한 설명은 전혀 없다. 이 개울에는 굽이치는 지점들이 있는데, 이는 개울에 충적토 제방이 있고 이 제방이 물살에 깎여나간다는 사실을 분명히 보여준다. 그런데 이 굽이치는 지점의 길이는 고작 9~15미터다. 쿠퍼가 제대로 꼼꼼히 관찰했다면 굽잇길의 길이가 270미터 이상이면 이상이지 그보다 짧은 경우는 별로 없다는 사실을 알아차렸을 것이다.

쿠퍼는 처음에는 개울의 출구를 별다른 이유도 없이 150미터로 설정해놓았다. 그다음에는 인디언 몇 명을 등장시키기 위해 그 폭을 6미터 이하로 좁혔다. 그는 이 좁은 통로 위로 '어린나무'를 아치 모양으로 구부려놓고 나서 인디언 여섯 명을 나무의 이파리 속에 숨긴다. 인디언들은 호수로 올라오는 정착민의 평저선인지 방주인지를 기다리며 "납작 엎드려" 있다. 배는 호수의 도착 지점에 고정된 밧줄에 묶인 채 거센 물살을 거스르며 끌려오는 중이다. 전진 속도는 시속 2킬로미터가 채 안 된다. 쿠퍼는 그 방주를 묘사하지만 상당히 애매하게 그려낸다. 배의 크기는 "현대식 운하용 배보다 조금 더 큰 정도였다". 그러면 선체 길이를 대략 43미터라고 추정해보자. 배의 "폭은 통상보다 넓었다". 그러면 대충 5미터로 잡아볼 수 있겠다. 결국 이 거대하기 짝이 없는 배가 선체 길이 3분의 1밖에 안 되는 굽잇길을 구불구불 헤집고 다녔으며, 개울 양쪽으로 각각 60센티미터 여유 공간만 남긴 채 강둑 사이를 스치듯 통과했다는 소리다. 이 기적은 아무리 찬양해도 지나치지 않다. 지붕이 낮고 통나무로 지은 거주 구역이 "방주 길이 3분의 2"를 차지하고 있다. 그렇다면 거주 구역의 길이는 27미터, 폭은 5미터이며, 일종의 관통식 열차* 같은 형태라고 말할 수 있겠다. 이 선실, 즉 거주 구역은 두 칸으로 나뉘는데, 그러면 한 칸의 길이는 14미터이고 폭은 5미터라고 봐야 할 것이다. 이 중 한 칸은 허터가의 딸인 주디스와 헤티가 사용하는 침실이다. 다른 한 칸은 낮에는 응접실이고, 밤에는 아빠의 침실이다. 이제 방주는 개울 출구에 거의 도착한 참인데, 여기는 인디언들

* 객차 사이를 통행 가능한 열차.

을 등장시키려고 폭을 6미터 미만으로, 5.5미터 정도로 줄여놓은 상태다. 따라서 여유 공간은 배의 양옆으로 각각 30센티미터씩 남았다. 인디언들은 출구가 쥐어짜듯 좁아지리라는 사실을 알아차렸을까? 그 아치형 나뭇가지에서 내려와 방주가 개울을 아슬아슬 스치듯 지나갈 때 그냥 배에 폴짝 올라타기만 하면 한몫 단단히 잡게 되리라는 사실을 깨달았을까? 아니다. 다른 인디언들이라면 알아차리고도 남았겠지만, 쿠퍼가 만든 인디언들은 아무것도 알아채지 못한다. 쿠퍼는 그 인디언들이 관찰력 하나는 끝내주는 경이로운 존재라고 생각하지만, 본인은 자기 소설 속 인디언들을 거의 언제나 잘못 봤다. 그중에 정신이 똑바로 박힌 친구는 거의 없었으니까.

이 방주의 전체 길이는 43미터이고, 거주 구역은 27미터다. 인디언들이 짜낸 생각은 방주가 시속 1.6킬로미터 속도로 아치형 나무 아래를 기어가듯 움직일 때 나무에서 은밀히 슬쩍 내려와 일가족을 학살하는 것이다. 방주가 나무 아래를 지나가는 데는 일 분 삼십 초가 걸릴 것이다. 27미터 길이의 선실이 나무 아래를 지나가는 데 걸리는 시간은 일 분일 것이다. 자, 그렇다면 여섯 명의 인디언은 무슨 짓을 했을까? 여러분이 답을 추측하는 데는 30년은 족히 걸릴 것이고, 심지어는 그때 가서도 두 손을 들고 말 것이다. 그러니 내가 그냥 이 인디언들이 무슨 짓을 했는지 알려주겠다. 쿠퍼 소설 속 인디언치고는 이례적일 정도로 머리가 좋은 그 무리의 추장은 예의 그 운하용 배가 자기 발아래에서 개울을 비집으며 지나가는 모습을 신중하게 지켜보았고, 그러다 자기 계산이 아주 딱 맞아떨어진다는 판단이 서자 몸을 날려 뛰어내렸다. 그리고 선실에 착지하지 못하고 말았다! 정말로 그런 일이 벌어지고 만 것이다. 그는 거기 착지하지 못한 채 평저선의 고물에 떨어졌다. 추락이라고 부를 높이도 아니었는데 추장은 어처구니없게도 기절하고 말았다. 그는 그곳에 의식을 잃은 채 쓰러졌다. 이건 추장의 잘못이 아니라 쿠퍼의 잘못이었다. 선실의 설계에 오류가 있던 것이다. 쿠퍼는 건축가가 아니었으니까.

아직 나무 횃대에는 인디언 다섯 명이 남아 있다.

배는 이제 나무 아래를 지나 그들의 손이 닿지 않는 곳으로 가버렸다. 이제 이 다섯 명이 무슨 짓을 했는지 알려주겠다. 여러분 혼자 힘으로는 추리할 수 없을 테니까. 첫 번째 인디언이 배를 향해 뛰어내렸으나 뱃고물과 가까운 지점에 빠졌다. 그러자 두 번째 인디언이 뛰어내렸고 이

번엔 고물에서 더 먼 쪽에 빠졌다. 그러자 세 번째 인디언이 배로 뛰어내렸고, 더 멀리 떨어진 물속에 빠졌다. 그러자 네 번째 인디언이 배를 향해 뛰어내렸고, 이제는 배에서 아주 멀리 떨어진 곳에 빠졌다. 그러자 다섯 번째 인디언마저 배를 향해 뛰어내렸다. 왜냐하면 그게 쿠퍼의 인디언이니까. 지성이라는 면에서 쿠퍼 소설의 인디언과 담배 가게 앞에 세워놓은 인디언 모형 사이는 멀지 않다. 이 평저선 장면에서는 실로 숭고할 정도의 창의력이 폭발한다. 하지만 스릴이라고는 전혀 없는데, 세부 사항이 부정확한 바람에 장면 전체가 억지로 꾸며낸 분위기를 풍기면서 있을 법하게 보이지 않기 때문이다. 이는 관찰자로서 쿠퍼의 역량 부족에 기인한다.

독자들은 부정확한 관찰이라는 쿠퍼의 빼어난 재능에 대한 또 다른 예시를 《패스파인더》에 나오는 사격 대회 장면에서 발견할 수 있다.

평범한 장식용 못이 표적에 가볍게 박혔는데, 못대가리는 사전에 페인트칠이 되어 있었다.

페인트 색깔은 서술되어 있지 않다. 중요한 사실이 생

략된 셈이지만, 쿠퍼는 멋대로 중요한 사항을 생략하곤
한다. 그런데 따지고 보면 중요한 사항을 생략한 것도 아
니다. 이 못대가리는 사수들로부터 90미터나 떨어져 있어
서 그 거리에서는 페인트 색깔이 뭐건 간에 보일 리가 없
었기 때문이다.

최고의 시력을 보유한 눈으로 얼마나 멀리 떨어진 집파
리를 볼 수 있을까? 90미터? 그건 진짜로 불가능하다. 그
렇다. 90미터 떨어진 집파리를 볼 수 없는 눈이라면 그 거
리에 있는 일반 못대가리도 못 본다. 두 대상의 크기는 같
으니까. 파리나 못대가리를 45미터 거리에서 보려고 해도
예리한 시력이 필요하다. 독자들은 해낼 수 있을까?

못은 살짝 박혀 있었고, 대가리에는 페인트가 칠해져
있었으며, 시합이 시작되었다. 쿠퍼의 기적도 시작된다.
첫 번째 사수가 쏜 총알이 못대가리의 가장자리를 깎아내
듯 맞혔다. 두 번째 사수의 총알이 못을 과녁 안으로 조금
더 밀어 넣었고, 대가리에 칠해져 있던 페인트가 모두 벗
겨졌다. 이 정도만 해도 기적은 충분히 일어난 게 아닐까?
이 정도로는 쿠퍼의 성에 차지 않는다. 이 장면을 설계한
진짜 목적은 '사슴 사냥꾼 호크아이'이자 '롱 라이플'이고
'레더스타킹'이며 '패스파인더'인 범포의 천재적 능력을

숙녀들 앞에서 과시하기 위한 것이므로.

"여러분, 다들 주먹 꽉 쥐시죠." 패스파인더가 그렇게 외쳤다. 그는 친구가 비키자마자 친구의 발자국이 남은 자리에 발을 디뎠다. "새 못 따위 박을 필요 없습니다. 페인트가 벗겨져도 제 눈에 보이는 건 90미터 밖에서도 맞힐 수 있으니까. 설사 그게 모기 눈알이라도 말입니다. 주먹이나 꽉 쥐고 계시죠."
라이플 총성이 탕 하고 울리며 총알이 쏜살같이 날아갔다. 못대가리가 나무에 푹 파고들었다. 납작하게 퍼진 납탄이 못을 덮었다.

자, 보시라, 여기 라이플로 파리를 맞힐 수 있는 남자가 있다. 이 친구가 우리 곁으로 돌아온다면 '와일드 웨스트 쇼'❀에서 공작(公爵)급 봉급을 요구하고도 남을 것이다.
지금 이 상태만으로도 그가 기록한 위업은 놀라 자빠질 수준이다. 하지만 쿠퍼에게 이 정도는 놀랄 일이 아니다. 쿠퍼는 여기에 일필을 덧붙인다. 그는 패스파인더가 다른

❀ 1870년대부터 1920년대까지 미국에서 유행한 순회공연. 주로 서부 개척 시대 생활을 다룬다.

사람의 라이플로 이 기적을 이루도록 한다. 그뿐만이 아니다. 페스파인더는 본인이 직접 장전하는 이점조차 누리지 못했다. 그는 자기 자신에게 완전히 불리한 조건을 걸어놓고는 불가능한 사격을 성공시켰다. 이뿐만이 아니다. "주먹이나 꽉 쥐고 계시"라면서 절대적인 자신감을 가지고 그걸 해냈다. 이런 사람이라면 벽돌 조각을 가지고도 똑같은 도전에 나섰을 것이며, 쿠퍼가 도와주기만 하면 그것 역시 해냈을 것이다.

그날 페스파인더는 숙녀들 앞에서 멋지게 폼을 잡았다. 그의 첫 번째 위업은 어떤 '와일드 웨스트 쇼'에서도 따라 할 수 없는 것이었다. 그는 사수들과 함께 서서 관찰 중이었다. 과녁에서 90미터 떨어진 위치에서 말이다. 재스퍼라는 친구가 자기 라이플을 들고 과녁 정중앙을 쏘았다. 그다음에는 군수장교가 쏘았다. 이번에는 과녁에 아무 결과가 나타나지 않았다. 웃음소리가 터져 나왔다. "완전히 빗맞혔군." 런디 소령이 말했다. 페스파인더는 일이 초 인상적으로 뜸을 들이다가 특유의 침착하고, 무심하며, 모든 걸 다 아는 듯한 말투로 입을 열었다. "아닙니다, 소령님. 군수장교는 재스퍼의 총알을 맞힌 겁니다. 수고스럽겠지만 누가 가서 표적을 살펴보면 아실 겁니다."

굉장하지 않은가! 그 작은 총알이 공중을 날아 저 멀리 있는 총알구멍에 들어가는 걸 대체 어떻게 본 걸까? 하지만 바로 이게 그가 해낸 일이다. 쿠퍼 소설 속 인물에게 불가능이란 없으니까. 여기 나오는 사람 중 이에 대해 깊이 의심을 품은 자가 한 명이라도 있었나? 없다. 여기서는 이게 정상이라는 의미니까. 이자들은 모두 쿠퍼 소설 속 사람들이니까.

패스파인더의 기술과 그의 **신속 정확한 시력**(강조는 필자)에 대한 존경심은 참으로 깊고 넓었기에, 그가 이렇게 선언하자 구경꾼들은 즉시 본인들의 판단을 불신하기 시작했고, 한 떼의 사람들이 과녁으로 달려가 사실을 규명하려 했다. 그리고 실제로 군수장교의 총알이 재스퍼가 뚫은 구멍에 명중했다는 점이 밝혀졌으며, 더군다나 하도 정확하게 명중한지라 사정을 확실히 밝혀내기 위해 치밀한 조사가 이루어져야 할 정도였지만, 얼마 안 가 과녁이 붙어 있던 나무 그루터기에서 두 번째 총알이 첫 번째 총알 위에 겹쳐 있다는 사실이 파악되면서 상황은 명백해졌다.

사람들이 '치밀한' 조사까지 했단다. 그런데 그건 그렇다치고, 나중에 박힌 총알을 구멍에서 파내 확인하지도 않았는데 총알 두 개가 박혀 있는지는 어떻게 알았을까? 탐침 따위를 쓰건 그냥 눈으로 보건 총알이 한 발 이상 있는지는 증명할 수 없는데 말이다. 총알을 파냈나? 아니다. 이제 곧 보게 될 것이다. 패스파인더의 차례니까. 그는 숙녀들 앞으로 한 걸음 나서더니 총을 조준하고 쏜다.

그런데, 세상에나! 실망스러운 일이 벌어진다. 믿을 수도 없고 상상할 수도 없을 만큼 실망스러운 일이다. 과녁의 모양이 바뀌지 않은 것이다. 그저 아까와 똑같은 총알 구멍만 나 있을 뿐이다!

"누군가 감히 이런 말을 조심스럽게 해야 한다면……." 덩컨 소령이 외쳤다. "내가 말하건대 패스파인더 역시 과녁을 빗맞혔구려!"

그전까지 과녁을 빗맞힌 사람은 하나도 없었으니 '역시'라는 표현은 불필요했지만, 그건 신경 쓰지 말기로 하자. 이제 패스파인더가 말해야 하니까.

"아닙니다, 소령님." 패스파인더가 자신 있게 말했다. "그

건 모험적인 발언이겠군요. 제가 총알을 장전한 게 아니
라서 뭐가 들어 있었는지는 말하기 어렵습니다만, 만약
납탄이었다면 총알이 군수장교와 재스퍼의 총알을 더 뒤
로 밀어냈다는 걸 발견하실 겁니다. 그러지 않았다면 제
이름은 '패스파인더'가 아닙니다."
과녁 쪽에서 이 주장이 진실임을 알리는 함성이 터졌다.

이 정도면 기적으로는 차고 넘치지 않을까? 쿠퍼에게
는 아니다. 패스파인더는 "부녀자들이 자리 잡고 앉아 있
는 무대 쪽으로 천천히 나아가면서" 다시 입을 연다.

"이게 다가 아닙니다, 여러분, 이게 다가 아니에요. 만약
과녁에 조금이라도 손상이 갔다면 제가 빗맞혔다고 인정
하겠습니다. 군수장교는 나무를 쪼겠지만, 마지막 사자
(使者)는 나무를 전혀 건드리지 않았다는 사실을 발견하
실 겁니다."

마침내 기적이 완성되었다. 그는 90미터 떨어진 거리에
서 자기가 쏜 총알이 총구멍의 가장자리를 전혀 건드리지
않은 채 그 안으로 들어갔다는 사실을 알았고, 그 광경을

똑똑히 본 것이다. 이제 총구멍 하나에 총알 세 발이 박혔다. 표적 뒤쪽 그루터기 몸통에 나란히 박힌 총알 세 발. 다들 이런저런 과정을 거쳐 이 사실을 알았지만, 총알을 파내서 직접 확인하려는 사람은 하나도 없었다. 쿠퍼는 꼼꼼한 관찰자는 아니지만 흥미로운 인물이다. 무슨 일이 일어나건 확실히 항상 흥미롭다. 그는 자기가 뭘 하고 있는지 의식하지 않을 때보다 의식이라는 걸 할 때 훨씬 더 흥미로운 사람이다. 이는 상당한 장점이다.

쿠퍼의 소설 속 대화는 우리 현대인의 귀에는 기묘하게 들린다. 그런 말이 실제로 사람들의 입에서 나왔다고 믿는다면, 그건 해야 할 말이 있다고 생각한 사람에게 시간이 아무런 가치가 없던 시대, 이 분이면 할 말을 십 분으로 늘리는 관습이 있던 시대, 사람의 입이 압연기 같아서 1.2미터짜리 금속 덩어리 같은 생각을 온종일 분주하게 늘리고 늘려 9미터짜리 철로용 금속 같은 대화로 만들어버리는 시대, 대화 주제가 충실하게 지켜지는 일은 거의 없이 사방을 헤매다가 흐지부지 끝나는 시대, 대화 내용은 주로 본론을 벗어난 소리로 채워지며 뜨문뜨문 관련 있는 주제가 튀어나오면 어쩌다 이런 말이 나오게 된 거지 설명할 수 없어서 당혹스러운 표정을 짓던 시대가 있었다고 믿는 것이나 다름없다.

쿠퍼는 확실히 대화 짜기의 달인은 아니었다. 그의 다른 수많은 기획에서와 마찬가지로, 이 지점에서도 부정확한 관찰이 그를 좌절시켰다. 심지어 그는 일주일 중 엿새 동안 엉망진창 영어를 구사한 사람이라면 일곱째 날에도 엉망진창 영어로 말해야 하며, 그건 어쩔 수 없는 일이라는 사실조차 알아차리지 못했다.《사슴 사냥꾼》에서 쿠퍼는 사슴 사냥꾼을 때로는 책에서나 나올 것 같은 현란한 말솜씨를 구사하도록 했다가 또 다른 때는 바닥 밑에 있는 바닥만큼이나 천박한 방언을 쓰게 한다. 예를 들자면 누군가 사슴 사냥꾼에게 연인이 있는지, 만약 있다면 어디에 있는지 물었을 때, 사슴 사냥꾼은 다음과 같이 위엄 있게 대답한다.

"그녀는 숲속에 있습니다. 나뭇가지에도 매달려 있고, 이슬비 속에도 있으며, 탁 트인 벌판에 맺힌 아침 이슬 속에도 있지요. 푸른 하늘을 떠다니는 구름, 나무에서 노래하는 새, 내 갈증을 씻어주는 달콤한 샘물, 그리고 그 외신의 섭리로부터 나온 그 모든 영광스러운 선물 속에 그녀가 있습니다!"

그런데 바로 앞 대목에서는 이렇게 말했더랬다.

"칭구한티 일어나는 일이 다 칭구랑 관계 있는 것처럼 그 일도 나랑 관계가 있지유."

또 다른 대목에서는 이렇게 말한다.

"보쇼, 내가 인디언으로 태어났다면 말요, 이 일을 떠벌리든가 머리 가죽을 싹 챙겨갖고 전체 부족 앞에서 내 업적을 그냥 막 풍을 쳤을 거요. 아니면 내 원수 새끼가 곰이기라도 했다면 말요."

스코틀랜드군의 베테랑 총사령관이 전장에서 수다스러운 멜로드라마 배우처럼 처신하는 모습 따위를 우리는 상상조차 할 수 없지만, 쿠퍼는 해냈다. 어느 대목에서 앨리스와 코라는 아버지의 요새 근처에서 프랑스군에게 쫓기며 안개 속을 달리고 있었다.

"악당 놈들을 가차 없이 해치워라!" 적군의 작전을 지휘하는 듯한 추격자가 열에 들떠 격렬하게 소리쳤다.

"용감한 60연대여, 대열을 정비하고 전투를 준비하라!"
돌연 둘의 머리 위에서 외침이 들렸다. "적이 보일 때까지
기다려라! 낮게 사격해 경사진 구역을 쓸어야 한다."
"아버지? 아버지다!" 안개 속에서 날카로운 외침이 터져
나왔다. "저예요! 앨리스예요! 당신 딸 엘시라고요! 오,
잠깐만요! 당신의 딸을 구해주세요!"
"사격 중지!" 앞서 명령을 내리던 자가 소리쳤다. 그 어조
에는 부모로서의 처절한 고뇌가 있었고, 그의 외침은 숲
속까지 가닿았다가 엄숙한 메아리로 돌아왔다. "내 딸이
로다! 하느님께서 내 아이들을 돌려주셨다! 출격구를 열
어라! 벌판으로 나가라, 60연대여! 벌판으로 진격하라!
방아쇠를 당기면 안 된다! 나의 어린양들이 살해당한다!
저 프랑스 개들을 총검으로 몰아내라!"

쿠퍼의 단어 감각은 유난히 둔하다. 음악에 대한 귀가
부족한 사람은 노래할 때 반음을 내리고 올리면서도 그걸
모른다. 대충 음정은 맞추지만 정확한 음정은 아니다. 단
어에 대한 귀가 부족한 사람은 문학적으로 반음을 내리
거나 올리는 결과를 낳는다. 사람들은 그가 무슨 말을 하
려는지는 대충 알아듣지만, 본인이 의도한 바를 말하지
못한다는 사실 또한 알아차린다. 그런 사람이 바로 쿠퍼

다. 그는 단어의 음악가가 아니었다. 그의 귀는 얼추 비슷한 단어로도 만족했다. 이 주장을 뒷받침할 정황 증거를 제시하려 한다. 이제부터 들 예시는 《사슴 사냥꾼》의 여섯 페이지 정도에서 발췌해 모은 것이다. 그는 '구두의'를 '말의'라고 쓴다. '솜씨'를 '정확함'이라고, '경이'를 '현상'이라고, '예정된'을 '필요한'이라고, '원시적'을 '소박한'이라고, '기대'를 '준비'라고, '억누른'을 '억제한'이라고, '그로 인한'을 '그에 의존하는'이라고, '상태'를 '사실'이라고, '추측'을 '사실'이라고, '주의'를 '예방'이라고, '결정하다'를 '설명하다'라고, '실망한'을 '분한'이라고, '인위적인'을 '번지르르한'이라고, '상당히'를 '실질적으로'라고, '심화한다'를 '감소한다'라고, '사라진다'를 '증가한다'라고, '둘러싸인'을 '처박힌'이라고, '적대적인'을 '배반하는'이라고, '구부정하게 있었다'를 '서 있었다'라고, '대체되었다'를 '덜어졌다'라고, '발언하다'를 '대꾸하다'라고, '상태'를 '상황'이라고, '상이한'을 '다른'이라고, '감각이 없는'을 '의식이 없는'이라고, '민첩함'을 '간결함'이라고, '의심스러운'을 '불신하는'이라고, '우둔함'을 '정신적 저능함'이라고, '시력'을 '시선'이라고, '반대하는'을 '대항하는'이라고, '장례식'을 '장례의 의식'이라고 쓴다.

세상에는 쿠퍼가 영어로 글을 쓸 줄 안다고 주장하던 대담한 사람들이 있었지만, 그들은 이제 모두 죽고 없다. 라운즈베리를 제외하고는 다 세상을 떴다. 라운즈베리가 정확히 딱 그렇게 주장했는지는 기억나지 않지만, 그는 여전히 그런 취지로 말한다. 《사슴 사냥꾼》을 '순수한 예술 작품'이라고 했으니 말이다. 이 문맥에서 보자면 '순수'하다는 건 결점이 없다는 뜻이고, 세부 사항에도 결점이 없다는 소리일 텐데, 언어도 세부 사항이다. 라운즈베리 씨가 쿠퍼의 영어를 본인이 쓰는 영어와 비교해보기만 했어도 어땠을까 싶지만, 아무래도 그러지 않은 게 분명하다. 그는 지금까지도 쿠퍼의 영어가 자기가 쓰는 영어처럼 깔끔하고 간결하다고 여길 공산이 크다. 이제 내가 마음 깊이 확신하고 있는 바는, 쿠퍼는 우리 언어에 존재하는 가장 형편없는 영어로 글을 썼고, 《사슴 사냥꾼》의 영어는 심지어 쿠퍼가 쓴 글 중에서도 가히 최악이라는 사실이다.

내가 실수하는지도 모르겠지만, 《사슴 사냥꾼》은 어떤 의미로 보아도 예술 작품은 아니지 싶다. 이 소설에는 예술 작품을 만드는 데 필요한 세부 사항이 하나도 없는 듯하다. 솔직히 말하자면 《사슴 사냥꾼》은 그냥 문학적 섬

망증 같다.

이게 예술 작품이라고? 이 소실에는 창의성이 없다. 질서도, 체계도, 조리도, 결론도 없다. 생생함도, 스릴도, 감동도, 현실감도 없다. 인물들은 혼란스럽게 그려져 있고, 그들의 언행은 그들이 작가가 주장하는 그런 사람이 아니라는 사실만 증명한다. 유머는 초라하다. 비애는 우습다. 대화는…… 아, 필설로 다할 수가 없다. 사랑 장면은 불쾌하다. 구사하는 영어는 언어에 저지르는 범죄다.

이런 걸 다 들어내고 난 뒤에도 남아 있는 게 있다면 그게 바로 **예술**이다. 다들 이 점만큼은 인정해야 한다고 생각한다.

작법의 철학

The Philosophy of Composition

에드거 앨런 포

Edgar Allan Poe

작법의 철학

The Philosophy of Composition

흔히 에드거 앨런 포의 단편과 시는 광기와 낭만과 어둠에, 환상과 비합리의 세계에 속한 것으로 여겨진다. 그러나 포는 소설가이자 시인인 동시에 창작에 관한 글 또한 여러 편을 남긴 뛰어난 평론가였다. 평론과 창작론이 '논리'의 영역에 속한 것이며, 또한 포가 또 다른 논리적 장르인 현대 추리소설의 기틀을 세운 작가라는 사실까지 고려한다면 그의 작품 속 광기와 낭만과 어둠은 어쩌면 많건 적건 '계산'에서, 포 본인의 표현을 빌리자면 독자에게 미치는 '효과'를 고려함으로써 도입되었을지도 모른다.

〈작법의 철학〉은 포가 쓴 창작론 중 가장 유명한 에세이로, 포가 편집자로 일하기도 했던 잡지 《그레이엄스 매거진》 1846년 4월호에 수록되었다. 이 글에서 포는 본인의 대표작 〈큰까마귀〉의 창작 과정을 적나라할 만큼 논리적이고 분석적으로 보여주는데, T. S. 엘리엇은 포가 실제 자신이 밝힌 방법대로 그 시를 창작했는지 의심했고 샤를 보들레르는 포가 정말 그랬으리라고 믿었다. 어쩌면 이렇게 둘로 나뉜 반응이야말로 포가 이 글을 쓰면서 정말로 노렸던 '효과'가 아니었을까?

내 앞에 놓인 이 짧은 편지에서 디킨스 씨는 예전에 내가 《바너비 러지》*의 구성을 검토했던 일을 언급하며 다음과 같이 쓰고 있다. "그런데 말이죠, 선생께서는 고드윈이 《케일럽 윌리엄스》**를 뒤쪽부터 썼다는 사실을 알아차리셨습니까? 자기 주인공을 거미줄처럼 얽히고설킨 고난에 던져 넣는 내용으로 제2권을 쓴 다음 어쩌다 이런 일이 벌어졌는지 설명할 방도를 찾을 요량으로 제1권을 쓰면서 주인공을 이리저리 연구했던 겁니다."

나로서는 고드윈의 창작 과정이 **정확히** 이런 식으로 진

---

* 찰스 디킨스가 1841년에 발표한 소설.

** 영국의 언론인이자 작가 윌리엄 고드윈(1756~1836)이 1794년에 발표한 소설.

행되었다고는 생각할 수 없지만(사실 고드윈 본인도 디킨스 씨의 생각과는 전혀 일치하지 않는다고 밝힌 바 있다) 《케일럽 윌리엄스》의 저자씩이나 되는 예술가가 디킨스 씨의 생각과 적어도 어느 정도는 비슷한 창작 방법에서 끌어낼 장점을 알아차리지 못했을 리는 없다. 플롯이라는 이름에 값하는 플롯이라면 펜을 들어 글을 쓰기 전에 이미 **대단원**까지 정교하게 짜여 있어야 한다는 점은 명백하니 말이다. **대단원**을 항상 염두에 둘 때만이 우리는 사건들을, 특히 모든 지점의 어조를 작가의 의도대로 전개되도록 함으로써 플롯에 불가결한 귀결 혹은 인과관계가 있다는 식의 분위기를 부여할 수 있다.

내 생각에 이야기를 구성하는 통상의 방식에는 근본적인 오류가 있다. 역사에서 소재를 얻건, 일상의 사건에서 소재를 떠올리건 간에, 대개의 작가는 기껏해야 눈에 띄는 사건들을 조합함으로써 서사의 뼈대를 대충 만들어놓고 페이지마다 출현하는 사실 또는 행동의 빈틈을 묘사, 대화, 작가의 논평 등으로 채워 넣을 궁리나 하고 있다.

나는 **효과**를 고려하며 작업을 시작하는 편을 선호한다. 독창성을 **항상** 염두에 두면서(그 정도로 쉽고 명백하게 독자의 관심을 끌 수 있는 요소를 감히 저버린다면 작가로서 불성실하다는 소리니까) 나는 맨 처음에 자문한다. '그 수많은 효과 또는 인상 중에서 감성이, 지성이, 혹은 (보다 일반적으로는) 영혼이 받아들일 수 있는 것 중 현 상황에서 나는 무엇을 선택해야 하는가?' 효과를 선택할 때 내가 우선하는 것은 기발함이고 다음으로는 생생함이다. 효과를 선택한 뒤에는 그것이 사건에서 잘 먹힐지 어조에서 잘 먹힐지 고려하며(평범한 사건에 특이한 어조를 사용해야 할까, 아니면 그 반대여야 할까, 그도 아니면 사건과 어조 둘 다 특이해야 할까 등) 그런 다음에는 나의 주변을(더 정확하게는 나의 내면을) 살펴보면서 효과를 구축하는 데 가장 크게 도움이 될 사건이나 어조의 조합을 찾는다.

나는 자신의 창작물이 단계를 밟아가며 궁극적으로 완성되는 과정을 자세하게 풀어내는 글을 작가가(물론 그럴 능력이 있는 작가가) 잡지에 발표하면 얼마나 흥미로울지 종종 상상했다. 어째서 그런 글이 세상에 나오지 않았는지 내가 설명하기는 참으로 난감하지만, 어쩌면 그런 직무 유기가 벌어진 이유는 다른 것보다는 작가의 허영심과 큰 관련이 있지 않나 싶다. 대부분의 작가는(특히나 시인이 그런데) 자기가 일종의 세련된 광란 상태, 다시 말해 황홀경 속에서 생겨나는 직관으로 글을 쓴다고 여겨지기를 바라며, 그래서 대중이 무대 뒤를 엿보도록 허용하는 일에 몸서리를 친다. 그 정교하면서도 오락가락하는 조야한 생각들을, 마지막 순간이 닥쳐서야 포착되는 진정한 의도를, 성숙한 상태인 전체를 바라보는 관점에 이르지 못한 채 언뜻 떠올랐다 사라지는 수많은 생각을, 완전히 무르익었는데도 감당이 되지 않아 절망 속에 버려지는 공상들을, 신중하기 짝이 없는 선택과 기각을, 고통스러운 삭제와 삽입을 다시 말해 문학이라는 **무대**에 선 엉터리 배우가 백번 중 아흔아홉 번 꺼내 사용하는 소품들(바퀴와 톱니바퀴, 장면전환 장치, 사다리와 디먼 트랩,* 공작 깃털, 빨간 페인트와 검은 헝겊 등과 다름없는)을 사람들에게 보이는 일에 몸서리를 치는 것이다.

물론 작가가 결말에 도달한 과정을 작가 본인이 조금이라도 되짚어볼 상황이 흔하지 않다는 점은 잘 알고 있다. 착상은 보통 뒤죽박죽 떠오르게 마련이고, 그렇게 생겨난 착상은 마찬가지로 혼란스럽게 탐구되다가 잊히고 마는 법이다.

내 경우는 위에서 언급된 다른 작가들의 반감에 전혀

---

* 도르래 등을 이용해 무대 아래의 배우를 무대로 올려 보내는 장치.

공감하지 않으며, 내 작품이 진행된 각각의 단계를 언제 떠올리건 간에 거의 어려움을 겪지 않는다. 또한 내가 **무척 필요한 일**이라고 간주한 바 있던, 작품 분석 혹은 재구성이 주는 흥미로움은 분석된 작품 자체가 실제로 주거나 줄 것이라 기대되는 흥미로움과는 전혀 별개이므로, 내 작품이 만들어진 **작업 방식**을 내가 직접 보여준다고 해서 품위에 어긋나는 일이라 여겨지지는 않을 것이다. 내가 고른 것은 〈큰까마귀〉라는 시인데, 가장 널리 알려진 작품이기 때문이다. 이 시의 창작에서 어떤 지점도 우연이나 직관과는 관련이 없으며, 이 작품이 수학 문제를 푸는 것 같은 정확성과 그에 따른 엄정한 귀결을 동원해 차곡차곡 완성을 향해 나아갔음을 명백히 해두려는 것이 내 계획이다.

애초에 대중의 취향과 비평의 취향을 동시에 만족시키는 **시 한 편**을 창작하려는 의도가 어떤 상황에서(혹은 어떤 필요성이라 해도 좋겠다) 생겨났는지는 **시 자체**와는 무관한 것으로 치고 제쳐두자.

그러면 이 의도만 놓고 시작할 수 있을 것이다.

맨 처음 고려했던 사항은 작품의 길이다. 문학작품이 앉은자리에서 다 읽을 수 없을 만큼 길면 통일된 인상이

주는 지극히 중요한 효과를 포기해야 한다. 만약 작품을 읽기 위해 두 번을 앉아야 할 경우, 그사이에 세상사가 개입하면서 효과의 완전성이라 할 만한 것이 한순간에 파괴되기 때문이다. 그런데 **다른 사정이 변함없다면**, 시인에게는 자신의 예술적 계획을 진전하는 데 필요한 **그 어떤 것도** 포기할 여유가 없다. 그러니 그러한 계획에 수반하는 통일성이라는 이점을, 분량 문제로 상실하면서까지 상쇄할 만한 다른 이점이 있는지는 과연 두고 볼 일이다. 이 자리에서 나는 단호히 '그런 건 없다'고 하겠다. 우리가 장시라는 용어로 일컫는 것도 실은 그저 단시의 연속일 뿐이다. 다시 말해 단시가 불러일으키는 효과들의 연속이라는 뜻이다. 시라는 것이 오로지 영혼을 고양함으로써 극도의 흥분을 불러일으키는 한에서만 시라고 할 수 있다는 사실에 대해서는 따로 논할 필요가 없다. 그리고 모든 극도의 흥분은 심리적 필연성으로 인해 짧게 마련이다. 이러한 이유로《실낙원》의 절반 이상은 본질적으로 산문이다. 시적 흥분이 연속적으로 이어지다가도 그에 상응하는 의기소침한 대목이 **불가피하게** 곳곳에 퍼져 있으며, 전체적으로는 극단적으로 긴 길이로 인해 효과의 완전함, 혹은 통일성이라 할 수 있는 중요한 예술적 요소를 박탈당하고 있다.

그러므로 길이와 관련해 모든 문학작품에는 뚜렷한 제한이 있다는 점, 즉 앉은자리에서 다 읽을 수 있어야 한다는 점은 분명해 보인다. 비록 《로빈슨 크루소》처럼 (통일성을 전혀 요구하지 않는) 특정 부류의 산문에서는 이런 제한을 무시하는 편이 이득일지 몰라도, 시에서 길이 제한을 무시하는 것은 결코 적절한 일일 수 없다. 그 제한 내에 있을 때 시의 길이는 시의 가치(다시 말해 흥분 또는 영혼의 고양, 다른 말로 하면 시가 유도할 수 있는 진정한 시적 효과의 정도)와 수학적 관계를 맺도록 창작될 수 있다. 왜냐하면 짧은 길이와 작가가 의도한 효과의 강렬함 사이에는 직접적인 비례관계가 있음이 자명하기 때문이다. 물론 여기에는 한 가지 조건, 어떤 종류의 효과이건 그것이 만들어지려면 일정 정도로 지속되는 길이가 필수적이라는 조건이 따라붙기는 한다.

이러한 고려 사항들과 더불어 대중의 취향을 넘어서지 않으면서도 비평가의 취향에서도 떨어지지는 않는 시적 흥분의 정도 또한 염두에 둔 결과, 나는 즉시 내가 의도한 시에 딱 들어맞는 적절한 **길이**를 떠올렸다. 그건 바로 100행 남짓이다. 실제로 〈큰까마귀〉는 108행이다.

내가 다음으로 떠올린 생각은 전달하고자 하는 인상 혹은 효과를 고르는 문제다. 이쯤에서 밝히는 편이 좋을 듯한데, 나는 창작 과정 내내 이 시를 **보편적으로** 감상하고 평가할 수 있는 작품으로 만들겠다는 계획을 염두에 두고 있었다. 이쯤에서 내가 시적인 것과 더불어 그간 거듭 강조해왔으며, 그러므로 정말 조금도 증명할 필요가 없는 주제, 즉 아름다움이야말로 시에서 유일하게 정당한 영역이라는 사실을 굳이 또 논증하려 든다면 지금 당면한 주제에서 멀리 벗어나게 될 것이다. 그렇지만 내 진정한 생각을 설명하기 위해 몇 마디 할 수밖에 없겠는데, 몇몇 친구들이 내 진의를 왜곡하려는 의향을 명백히 드러낸 바 있어서다. 믿건대 가장 강렬하면서도 가장 고양되고 가장 순수한 쾌락은 아름다운 것을 관조하는 데서 찾아진다. 사람들이 아름다움에 대해 말할 때, 정확히 말하자면 사실 그들은 흔히 생각하는 것처럼 어떤 특성을 이야기하는 것이 아니라 효과를 이야기한다. 간단히 말해, 그들이 언급하는 것은 내가 이미 얘기한 바 있듯 강렬하면서도 순수한 **영혼**(지성이나 감성이 **아니라**)의 고양이며, 이는 '아름다운 것'에 대한 관조의 결과로 경험된다. 지금 내가 아름다움을 시의 영역으로 지정하는 까닭은 그저, 효과는 직접적인 원인에서 솟아나도록 만들어져야 한다는 예술의 규칙, 즉 목적은 그것을 달성하는 데 가장 적합한 수단을 통해 달성되어야 한다는 규칙 때문이다. 방금 언급된 그 특별한 영혼의 고양이 시에서 **가장 수월하게** 달성되었다는 점을 부정할 정도로 지성이 모자란 사람은 지금껏 아무도 없었다. 반면 지성의 만족스러움이라고 할 수 있을 진리와 마음의 흥분이라고 할 수 있을 열정 등의 목표는 비록 어느 정도는 시에서 달성이 가능하기는 해도 산문에서 훨씬 수월하게 성취할 수 있다. 사실 진리는 정확성을 요구하고 열정은 (진실로 열정적인 사람이라면 내 말을 이해하겠지만) **순박함**을 요구하는데, 나는 이 둘이 아름다움과는, 그러니까 영혼의 흥분 내지는 쾌락적인 고양과는 전적으로 상반되는 것이라고 단언한다. 하지만 이런 발언에서 열정, 혹은 심지어 진리를 시에 삽입할 수 없다거나 심지어는 시에 도움이 되는 방식으로 삽입될 수 없다는 주장이 따라 나오는 것은 결코 아니다. 왜냐하면 열정이나 진리는 음악에서 불협화음이 대조를 통해 그러듯 상세한 설명에 이바지하거나 전체적인 효과에 기여할 수 있다. 그렇지만 진정한 예술가라면 우선 그것들을 잘 조율해 작품의 지배적인 목적에 적절히 종속시키고자 노력할 테고,

다음으로는 그것들을 시의 분위기이자 정수인 아름다움 속으로 가능한 한 잘 집어넣어 가리고자 애쓸 것이다.

그렇다면 아름다움을 나의 영역으로 간주한 이상, 내 다음 질문은 아름다움을 최고로 또렷이 드러낼 수 있는 **어조**가 무엇이냐는 것이다. 온갖 경험을 통해 알게 된 바로는, 이 어조는 일종의 애달픈 **슬픔**이다. 어떤 종류의 아름다움이건 간에 그것이 지극히 고도의 단계에 올라서면 예외 없이 섬세한 영혼을 자극해 눈물을 터뜨리도록 한다. 따라서 울적함이야말로 모든 시적인 어조 중 가장 합당하다.

길이, 영역, 어조가 정해졌으므로, 이제 나는 시의 구상에서 기본 방침을 담당할, 즉 시의 전체 구조가 의지할 중심축으로 작용할 수 있는 모종의 예술적 자극을 얻기 위해 일반적인 귀납추리 단계를 밟기 시작했다. 통상적인 예술적 효과(더 적절하게는 연극적인 의미에서의 **결정적 지점**)를 신중하게 고민하다보니, **후렴구**의 채용보다 더 보편적인 방법은 없다는 생각이 즉시 떠올랐다. 후렴구가 보편적으로 채용된다는 사실만으로도 그 방법이 지닌 본질적인 가치를 확신하는 데 충분하므로, 그에 대해 굳이 따로 분석할 필요는 없었다. 하지만 후렴구가 얼마나 개선될 수 있을지를 고려해본 결과, 나는 이내 그것이 원시적인 상태에 머물러 있다는 사실을 알아차렸다. 보통 **후렴구**, 혹은 반복구의 사용은 서정시에 한정될 뿐 아니라 그것이 주는 인상 역시도 소리로나 사유로나 단조로움에서 나오는 힘에 의지한다. 후렴의 즐거움은 오로지 동일성의 감각, 다시 말해 반복의 감각에서 비롯된다. 나는 전체적으로는 소리의 단조로움을 유지하면서도 사유는 지속적으로 다양화함으로써 효과를 다채롭게, 그리하여 증대하기로 했다. 다시 말해 **후렴구 자체**는 대부분 바꾸지 않은 채 놓아두면서도 **후렴구의 적용**에는 다양한 변화를 줌으로써 지속적으로 기발한 효과를 만들기로 결심한 것이다.

이런 사항이 정해지자, 나는 다음으로 내 **후렴구의 본질적 특성**으로 주의를 돌렸다. 후렴구의 사용에 반복적으로 변화를 줄 것이었으므로, 일단 **후렴구 자체**는 짧아야 한다는 점이 분명했다. 길이가 있는 문장으로 자주 변화를 줄 경우 극복할 수 없는 난관에 부딪힐 테니 말이다. 문장이 간결할수록 변화 또한 쉬우리라는 점은 명약관화했다. 이러한 이유로 나는 최상의 **후렴구**는 한 단어여야 한다는 결론에 즉시 도달했다.

이제 문제는 그 단어의 **성격**이었다. 일단 **후렴구**에 관해

결정을 내리자, 시를 연으로 나누고 각 연을 **후렴구**로 종결지어야겠다는 생각이 당연한 귀결처럼 이어졌다. 이러한 종결이 힘을 얻기 위해서는 울림이 커야 할뿐더러 길고 오래 강조될 수 있어야 한다는 데 의심의 여지가 없다. 이런 고려를 한 끝에 필연적으로 나는 가장 울림이 큰 장모음 o와 가장 길게 늘여 뺄 수 있는 자음 r을 결합해야겠다고 생각했다.

이렇게 **후렴구**의 소리를 결정했으니, 이제 필요한 것은 이런 소리를 구현하는 동시에 내가 시의 어조로 이미 마음에 담아두었던 그런 울적함과 가능한 한 가장 잘 어우러지는 단어를 고르는 일이었다. 그러한 탐색에서 '결코 다시는(Nevermore)'이라는 단어를 지나치기란 절대적으로 불가능했다. 사실 가장 먼저 떠오른 것이 바로 그 단어였다.

다음으로 절실했던 것은 '결코 다시는'이라는 단어를 지속적으로 사용할 구실이었다. 이 단어를 계속 반복할 충분히 그럴싸한 이유를 만들어내는 것이 무척 어렵다는 사실을 이내 깨닫고 이 문제를 잘 들여다본 결과, 나는 이 어려움이 오직 그 단어를 지속적으로, 혹은 단조롭게 발설하는 자가 **인간**이라는 전제로부터 비롯했다는 점을 알아차리고야 말았다. 간단히 말해, 이 어려움은 단어의 단조로움과 그 단어를 반복하는 존재의 이성적 능력 행사를 조화하려던 데 있다는 사실을 깨달은 것이다. 이 지점에서, 말은 할 수 있지만 이성은 **없는** 존재라는 착상이 즉시 떠올랐다. 당연하게도 첫 번째 예로 앵무새가 어떨까 하는 생각이 따라왔으나, 이내 앵무새와 똑같이 말을 할 수는 있으면서도 의도했던 **어조**와 훨씬 더 잘 어울리는 존재인 큰까마귀로 대체되었다.

이 시점에서 나는 약 100행의 길이에 울적한 어조를 담은 시에서 큰까마귀(나쁜 징조를 상징하는 새)가 각 연의 종결부마다 '결코 다시는'이라는 단어를 단조롭게 반복해 읊조린다는 구상에 이르렀다. 이 시점에서 나는 내 작품이 모든 면에서 **최고여야**, 혹은 완벽해야 한다는 목표를 절대 놓치지 않으며 자문했다. '인류에 대한 **보편적인** 이해에 따를 때, 세상 모든 울적한 주제 중에서 **가장** 울적한 주제는 무엇인가?' 곧장 명백한 답이 나왔다. 죽음. 나는 다시 자문했다. '그렇다면, 이 가장 울적한 주제는 언제 가장 시적인가?' 이미 앞에서 상당히 길게 해명한 점으로부터 역시 다음과 같은 명백한 대답이 곧장 나왔다. '죽음이라는 주제가 **미인**과 밀접히 제휴할 때지. 그렇다면 아름다운 여성의 죽음이야말로 의심할 바 없이 세상에서 가장 시적인 주제이겠군. 그리고 그와 동일한 정도로 명백한 사실은, 그런 주제와 가장 잘 어울리는 입술은 사랑하는 사람과 사별한 연인의 입술이라는 점이겠고.'

이제 해야 했던 일은 죽은 연인을 그리며 슬퍼하는 한 연인과, 끝없이 '결코 다시는'을 반복하는 큰까마귀라는 두 가지 착상을 결합하는 것이었다. 동시에 그 반복되는 단어를 매번 다양하게 **변용**하겠다는 내 계획 역시 계속 고려해야 했다. 그런데 그러한 결합에서 유일하게 명료한 방식은 연인의 질문에 대한 대답으로 큰까마귀가 그 단어를 사용한다고 상상하는 설정이었다. 이 지점이 바로 내가 매달려온 그 효과, 즉 **단어의 다양한 적용**을 통해 거둘 수 있는 효과를 얻을 기회라는 사실을 나는 알아차렸다. 나는 연인의 입에서 첫 질문, 그에 대한 큰까마귀의 답이 '결코 다시는'이 되는 그런 질문을 만들 수 있다는 사실을 깨달았다. 이 첫 질문은 평범하게, 두 번째 질문은 덜 평범하게, 세 번째 질문은 그보다도 더 덜 평범하게 나아가다가 마침내 연인이 그 단어의 울적함에, 지속적인 반복에, 그 단어를 발설하는 새가 누리는 불길한 평판을 고려한 끝에 처음의 **무심함**에서 깨어나 화들짝 놀라도록 할 수 있었다. 결국 그 연인은 흥분해서 미신적인 상태에 빠져 반은 미신적인 기분으로, 반은 자학에서 느끼는 즐거움이 있는 그런 유의 절망 속에서 처음과는 완전히 다른 성격의 질문, 마음속에 열정적으로 해결책을 담아두는 그런 질문을 과격하게 늘어놓는다. 연인이 그런 질문을 하는 건 그 새에게 예언자적이라거나 악마적인 성격이 있어서라고 진심으로 믿어서라기보다는(그는 이성적으로는 그 새가 그저 암기해서 배운 단어를 반복할 뿐이라고 확신한다) '결코 다시는'이라는 **예상된** 대답을, 지극히 달콤하면서 바로 그 이유로 정말 견딜 수 없는 슬픔을 자아내는 대답을 얻기 위해 질문을 짜내며 광적인 쾌락을 경험하기 때문이다. 그렇게 내게 주어진(더 정확히 말하자면 창작 과정에서 내가 따를 수밖에 없었던) 기회를 인식하면서, 나는 머릿속으로 작품의 절정을, 다시 말해 작품의 종결에서 '결코 다시는'이 최종적인 대답이 될 수밖에 없는 그런 질문을 먼저 정해두었다. '결코 다시는'이라는 단어가 상상할 수 있는 가장 큰 슬픔과 절망을 담은 대답이 되는 그런 질문 말이다.

이제 이 시는 시작을 얻었다고, 결국에는 모든 예술 작품이 응당 그렇게 시작해야 하는 지점을 얻었다고 말할 수 있을 것이다. 왜냐하면 바로 여기, 내가 사전에 고려했던 생각들을 담은 바로 이 지점에서 나는 처음으로 펜을 들어 아래와 같은 연을 썼기 때문이다.

“예언자여!” 나는 말했지. “사악한 존재여! 새건 악마건 여전히 예언자인 존재여!

우리를 굽어보는 천국의 이름으로, 우리 둘 다 경배하는 신의 이름으로,

슬픔을 짊어진 이 영혼에 말해다오, 저 먼 에덴에서는

천사들이 레노어라 이름하는 성스러운 여인을 이 영혼이 부둥켜안을 수 있는지

천사들이 레노어라 이름하는 귀하고 찬란한 여인을 이 영혼이 부둥켜안을 수 있는지.”

큰까마귀가 대답했네. “결코 다시는.”

내가 여기서 이 연을 맨 처음 쓴 까닭은, 첫째, 시의 절정을 미리 완성해둠으로써 절정 이전에 나올 연인의 질문을 심각함과 중요성에 따라 점진적으로 변화시키기 수월할 것이었기 때문이고, 둘째로는 시의 운율, 보격, 각 연의 길이와 전체적인 배치를 확실히 정해두고, 그런 다음 이 앞에 놓아둘 연들에 단계적 변화를 주면 그중 어떤 연도 위의 연에서 활용하는 리듬의 효과를 능가할 수 없으리라 보았기 때문이다. 설사 이후의 집필 과정에서 이보다 더

강력한 연을 써낼 수 있다고 해도, 나는 일말의 망설임도 없이 그 연을 의도적으로 약하게 만듦으로써 절정에서의 효과가 방해받지 않도록 했을 것이다.

이쯤에서 시작법에 대해 몇 마디 해도 될 듯하다. 내 첫 번째 목적은 (늘 그렇듯) 독창성이었다. 작시법에서 독창성이 이 정도까지 간과되었다는 사실은 정말 설명 불가능할 정도로 이해가 가지 않는 일이다. 그저 **운율**만으로는 다양함을 꽃피울 가능성이 거의 없다는 사실을 인정한다손 쳐도, 운율과 연에서 가능한 변형은 절대적으로 무한하다는 사실은 여전히 분명하다. 그런데도 **수세기 동안 누구도 운문에서 독창적인 것을 행하거나 심지어 그래볼 생각조차 하지 않았던 듯하다.** 사실 독창성이란 (정말 비상한 힘을 가진 정신 안에 있는 것이 아니라면) 몇몇 사람이 생각하듯 충동이나 직관의 문제가 전혀 아니다. 독창성을 발견하기 위해서는 일반적으로 깊이 고심하며 추구해야 하는데, 비록 독창성이라는 것이 최상급의 긍정적인 가치를 갖는 것이기는 하나, 이 독창성의 성취는 새로운 발명보다는 기존의 것에 대한 부정을 더 요구한다.

물론 나는 〈큰까마귀〉의 운율에서도 보격에서도 독창성을 주장할 생각이 전혀 없다. 이 시의 운율은 강약격이고, 보격은 팔보격의 완전 운각이며, 다섯 번째 행에 배치된 **후렴구**에서는 칠보격의 불완전한 운각이 반복된다. 조금 덜 현학적으로 말하자면, 시 전체에 사용된 음보(강약격)는 장음절 뒤에 단음절이 따르는 식으로 구성된다. 각 연의 첫 번째 행은 이러한 음보 여덟 개로 구성된다. 두 번째 행은 일곱 개 반(실제 효과는 반이 아니라 3분의 2이다), 세 번째 행은 여덟 개, 네 번째 행은 일곱 개 반으로 구성되며, 다섯 번째 행은 네 번째와 동일하고, 여섯 번째 행은 세 개 반이다. 각 행만 놓고 보면 이미 예전에 다 사용된 방법인데, 그럼에도 〈큰까마귀〉가 가진 독창성은 **이를 조합해 하나의 연으로** 만들어냈다는 데 있다. 지금껏 이런 조합에 멀리서나마 접근해보려는 시도조차 이루어진 적이 없었다. 이런 조합의 독창성으로 만들어진 효과는 운율과 두운의 원리를 확장하는 데서 야기된 특이하고도 전적으로 기발한 다른 효과들로 더욱 두드러진다.

다음으로 고려해야 했던 점은 연인과 큰까마귀를 연결하는 방식이었고, 맨 처음 가지를 쳐 나온 것은 **사건이 벌어지는 장소**였다. 이럴 때 가장 자연스럽게 떠오르는 장소라면 숲이라거나 벌판이겠지만, 나는 고립되어 벌어지는 사건에 효과를 주려면 좁고 **한정된 공간**이 절대적으로 필요할 것 같다는 생각을 평소 가지고 있었다. 그런 공간은 그림에 대해 액자가 가진 것과 같은 힘을 가지고 있다. 그런 공간에는 주의를 계속해서 집중시키는 힘이 틀림없이 존재하는데, 당연한 말이겠지만 공간의 선택을 단순히 장소에 통일성을 부여하려는 시도와 혼동해서는 안 된다.

그렇게 해서 나는 연인을 본인의 방에, 그녀가 종종 방문했던 기억 때문에 그에게는 성스러운 장소가 된 그 방에 놓아두기로 했다. 그 방은 호사스러운 가구가 들어찬 모습으로 묘사되는데, 이는 내가 유일하게 시적인 주제로 정의한 아름다움이라는 문제에 관해 이미 설명한 바를 따른 것이다.

장소가 정해졌으니, 이제는 새를 들여보내야 했다. 그리고 창문으로 새를 들여보내야겠다는 생각은 필연적이었다. 우선 연인으로 하여금 새의 날개가 겉창에 부딪혀 펄럭이는 소리를 문을 '똑똑 두드리는' 소리로 짐작하도록 하자는 발상이 떠올랐는데, 이는 상황을 지연함으로써 독자의 호기심을 끌어올리고자 하는 바람에서 나온 것이었다. 이에 더해 연인이 문을 벌컥 열어젖히고 보니 사방이 어둠에 잠긴 것을 깨닫고는 방금 그 소리가 어쩌면 연인의 영혼이 문을 두드린 게 아니었나 싶은 공상에 반쯤 젖도록 유도하는 부수적인 효과를 부여하겠다는 욕심에서 나온 것이기도 했다.

나는 그날 밤을 폭풍이 몰아치는 밤으로 설정했는데, 첫째로는 큰까마귀가 방으로 들어오는 까닭을 설명하기 위해서고, 둘째로는 그 방의 (물리적인) 고요와 대조를 만들기 위해서였다.

나는 새를 팔라스● 흉상에 내려앉혔고, 이 역시 대리석과 깃털 사이의 대조 효과를 노렸기 때문이다. 흉상이 **머릿속에 떠오른** 것이 바로 새 때문이라는 사실은 분명한데, 하필 팔라스 흉상을 고른 이유는 우선 연인이 학자라는 사실과 아주 잘 어울렸기 때문이며, 둘째로는 '팔라스'라는 말의 울림 때문이었다.

시의 중반쯤에서도 나는 결정적인 인상을 심화할 요량으로 대조의 힘을 기꺼이 이용했다. 예를 들자면 큰까마귀가 등장할 때 부여한(용인할 수 있는 한도 안에서 거의 우스꽝스러울 정도로) 환상적인 분위기가 있다. 큰까마귀는 "날개를 푸드덕거리고 펄럭거리며" 들어온다.

●　지혜의 여신 아테나의 별칭.

최소한의 겉치레 인사도 없이, 잠시도 멈추거나 머무르지도 않고,

그러나 귀족 혹은 숙녀의 자태로, 내 방문 위에 앉았네.

이어지는 두 연에서 이러한 의도는 더 분명히 이루어진다.

그렇게 이 흑단처럼 까만 새는 **겉모습에서 드러나는 진지하고도 근엄한 품위로**

내 슬픈 공상을 홀려 미소로 바꾸었네,

"비록 **볏은 잘리고 깎였으나……**" 나는 말했지. "그대 결코 패배자는 아니로구나.

밤의 왕국 바닷가로부터 헤매어 날아온 섬뜩하게 음울하고 연로한 큰까마귀여,

말해다오, 밤의 명계 바닷가에서 그대의 고귀한 이름은 무엇인지!"

큰까마귀가 대답했네. "결코 다시는."

나는 실로 경탄했네, **이 볼품없는 날짐승**이 이렇게 또박또박 말하다니,

비록 그 대답에 의미라고는 거의 없고 내 질문과도 거의

관련이 없으나,

　동의할 수밖에 없었기 때문이지, **그 어떤 살아 있는 인간도**
자기 방 위에 앉아 있는, 자기 방 흉상 위에 앉아 있는
새인지 짐승인지를 보는 축복은 누린 적 없다는 사실을.
그 이름하여 "결코 다시는".

이런 식으로 **대단원**의 효과가 시에 주어졌으므로, 나는
즉시 환상적인 느낌을 빼버림으로써 극히 심원하고 진지
한 어조를 만들었다. 이 어조는 위에 인용된 부분에서 곧
장 이어지는 다음 연의 아래와 같은 행에서 시작된다.

　그러나 그 큰까마귀는, 그 조용한 흉상 위에 외로이 앉
아, 오직 그 말만 하네.

이 단계부터 연인은 더 이상 농담처럼 말하지 않는다.
그는 큰까마귀의 태도에서 그 어떤 환상적인 요소도 발견
하지 못한다. 그는 큰까마귀가 "음울하고, 볼품없고, 섬뜩
하고, 수척하고, 불길한 옛 새"라고 말하며, 그 "이글거리
는 눈"이 자신의 "가슴 한복판"에서 타오르고 있다고 느낀
다. 연인의 생각 혹은 공상의 이토록 급격한 전환은 독자

에게도 비슷한 생각을 불어넣고, 그리하여 독자의 마음에 (이제 곧 가능한 한 빠르게, 그리고 **직접적으로** 유발되는) **대단원**을 수용할 적절한 틀을 마련하기 위해서다.

적절한 **대단원**(애인을 저세상에서 만날 수 있느냐는 연인의 마지막 질문에 "결코 다시는"이라는 큰까마귀의 대답으로 마무리되는)이 주어짐으로써, 이 시는 단순 명료한 서사라는 명백한 국면을 거쳐 완성되었다고 말할 수 있으리라. 지금껏 등장한 모든 것은 설명이 가능한 영역, 실제로 일어날 수 있는 사건이라는 범위 안에 있다. '결코 다시는'이라는 한 단어를 기계적으로 습득한 큰까마귀 한 마리가 주인의 관리에서 벗어나 탈출했다가 한밤중에 광폭한 폭풍에 휘말리는 바람에 불빛이 여전히 깜박이는 창문으로 들어갈 방법을 찾으려 애쓴다. 그 창문이 달린 방에서는 어떤 학자가 책을 읽는 데 열중하는 한편으로 사별한 연인에 대한 몽상에 젖어 있다. 날개를 퍼덕이는 중에 여닫이창이 활짝 열리자 새는 학자가 손을 뻗어도 바로 닿지 않는 제일 편리한 장소에 내려앉고, 학자는 뜻밖에 벌어진 사건과 이 방문자의 태도에 깃든 기묘함을 재미있어하면서 그 새에게 농담 삼아, 대답 같은 건 기대하지 않은 채 이름을 묻는다. 질문을 받은 큰까마귀는 자기에게는 습관이 된 단어 "결코 다시는"으로 이에 답하고, 이 단어는 학자의 울적한 마음에 즉시 반향을 일으킨다. 학자는 이 돌발적인 사건으로 인해 떠오른 특정한 생각들을 소리내 말하는데, 날짐승이 그때마다 "결코 다시는"이라고 대꾸하자 또다시 놀란다. 이제 학자는 사태의 진상을 짐작하지만, 그는 내가 앞에서 설명한 대로 자학에 대한 인간적인 갈망과 부분적으로는 미신적인 기분에 내몰려, 예상된 "결코 다시는"이라는 대답을 통해 연인으로서의 자신에게 슬픔이라는 호사를 최대한 누리도록 해줄 질문들을 내놓는다. 이러한 자학의 탐닉이 극한으로 가며 이 시의 서술은 내가 첫 국면 혹은 명백한 국면이라 일컬은 상황 속에서 자연스러운 종결로 이어지는데, 지금까지의 이야기에서 현실의 한계를 뛰어넘은 일은 하나도 없다.

하지만 사건을 제아무리 능숙하게, 혹은 생생하게 배열한다 해도, 이렇게 다뤄진 소재에는 예술적인 시선으로 보면 거북해지는 모종의 뻣뻣함 내지 적나라함이 늘 있게 마련이다. 그러므로 다음의 두 가지가 항상 요구된다. 첫째, 일정 정도의 복잡함, 더 정확히 말하자면 각색이 필요하다. 둘째, 어느 정도의 암시성, 무척 막연하지만 그럼에도 표면 아래 흐르는 의미가 필요하다. 특히나 후자야말로 예술 작품에 (일상 대화에서 사용하는 설득력 있는 표현을 빌리자면) **풍요**를 부여하는데, 우리는 지나칠 정도로 이 풍요를 **이상**과 즐겨 혼동한다. 암시된 의미가 **과잉**되면(다시 말해 주제가 표면 아래 흐르는 게 아니라 위로 흐르면) 소위 초월주의자라는 사람들이 이른바 시라고 쓴 것은 산문으로 (더군다나 아주 얄팍하기 그지없는 산문으로) 바뀌어버린다.

나는 이러한 관점을 견지하면서 시를 마무리하는 데 두 연을 보탰다. 이 연들이 가진 암시성이 앞서 진행된 서사 전체에 스며들도록 한 것이다. 표면 아래 흐르는 의미는 우선 다음과 같은 행에서 또렷이 드러난다.

"그대의 부리를 **내** 심장에서 빼내어라, 그대의 형상을 내 방문 밖으로 내보내라!"
큰까마귀가 대답했네. "결코 다시는."

"내 심장에서"라는 말이 이 시에서 처음 등장하는 은유적 표현이라는 사실을 알아차릴 수 있을 것이다. 이 말은 "결코 다시는"과 더불어 독자가 이전에 서술된 모든 내용에서 어떤 교훈을 찾도록 해준다. 이제 독자는 큰까마귀를 상징으로 간주하기 시작한다. 그렇지만 이 큰까마귀가

결코 끝나지 않는 슬픔에 찬 애도의 상징으로 만들어졌다는 의도를 또렷이 알아볼 수 있도록 허용하는 것은 마지막 연의 마지막 행이다.

그 큰까마귀는 날갯짓 한 번 하지 않고 계속, 여전히 앉
아 있네
내 방문 바로 위, 그 핏기 없이 창백한 팔라스 흉상 위에
그의 눈은 몽상하는 악마의 모습 바로 그것이며,
위에서 그를 비추는 램프의 불빛이 바닥에 그의 그림자
를 흘리듯 드리우네
나의 영혼은 바닥 위를 떠도는 바로 **저 그림자로부터**
벗어나지 못하리라, 결코 다시는!

Edgar A. Poe.

휴세 에세이 007

작가는 무엇을 쓰고 무엇을 버리는가

1판 1쇄 발행일 2026년 3월 30일

지은이 어니스트 헤밍웨이 외
옮긴이 최민우

발행인 김학원
발행처 (주)휴머니스트출판그룹
출판등록 제313-2007-000007호(2007년 1월 5일)
주소 (03991) 서울시 마포구 동교로23길 76(연남동)
전화 02-335-4422 **팩스** 02-334-3427
저자·독자 서비스 humanist@humanistbooks.com
홈페이지 www.humanistbooks.com
유튜브 youtube.com/user/humanistma **블로그** blog.naver.com/hmcv
인스타그램 @boooook.h **엑스** @humanistbooks

편집주간 황서현 **편집** 김대일 이성근 **디자인** 차민지
조판 아틀리에 **용지** 화인페이퍼 **인쇄·제본** 정민문화사

ISBN 979-11-7087-445-4 04840
  979-11-6080-486-7 (세트) ·

흄세 에세이

001 결혼

알베르 카뮈 | 박해현 옮김

002 여름

알베르 카뮈 | 박해현 옮김

003 내 인생의 모든 개

엘리자베스 폰 아르님 | 이리나 옮김

004 작은 미덕들

나탈리아 긴츠부르그 | 이현경 옮김

005 대놓고 다정하진 않지만

카렐 차페크 | 박아람 옮김

006 조금 미친 사람들

카렐 차페크 | 이리나 옮김